mairisch verlag

STEVAN PAUL

SCHLARAFFENLAND

Ein Buch über die tröstliche Wirkung von warmem Milchreis,
die Kunst, ein Linsengericht zu kochen,
und die Unwägbarkeiten der Liebe

: mairisch verlag

Fotos zu allen Gerichten auf www.mairisch.de

[mairisch 36]
2. Auflage, 2013

Lektorat: Daniel Beskos, Peter Reichenbach
Korrektorat: Annegret Schenkel | www.korrektorat-schenkel.de
Gestaltung: Carolin Rauen | www.carolinrauen.com
Autorenfoto: Stefan Malzkorn | www.malzkornfoto.de
Schrift Fließtext: Vollkorn | www.friedrichalthausen.de
Druck: freiburger graphische betriebe

Printed in Germany
ISBN 978-3-938539-24-8

www.mairisch.de

Für Cathrin

INHALT

NACHT-
SCHICHTEN

Es riecht nach Männerschweiß, der Alkohol der letzten Nacht dünstet sauer aus, die Jungs haben gefeiert, Herr Adam atmet durch den Mund. Er trägt geruchloses Deodorant auf, schließt das gestärkte Hemd vor der glatt rasierten Brust. Im Spiegel der Spindtür zeigt sich Routine beim Anlegen der Schleife, altmodisch, finden die jungen Kollegen, nicht zeitgemäß, so eine Fliege. Herr Adam sieht das anders. Er liebt seinen Querbinder, denn der schafft Abstand.

Herr Adam nimmt zwei Stufen gleichzeitig, in seinem Mund dreht ein Pfefferminzbonbon energisch seine Runden, hinter Adam schlurfen die verkaterten Jungköche auf Birkenstockschuhen die Wendeltreppe hinauf, lustlos in ihren grau gewaschenen Uniformen. Erster. Im Dunkel der Küche wispert ein Fond, es riecht nach gebrannten Knochen, karamellisierten Zwiebeln und schwerem Rotwein. Herr Adam drückt im Vorbeigehen die Lichtschalter, Neonröhren blenden auf, aufgeschreckte Kakerlaken suchen Schutz unter den Öfen und Metalltischen der Küche, fliehen über weiße Bodenkacheln, nur einen Wimpernschlag lang zu sehen.

Im Getränkeoffice räuspert sich die Kaffeemaschine, zwölf Nachtschwarze für die Küche mit ordentlich Zucker. Herr Adam geht hinaus ins Restaurant, hinter ihm schneidet die Schwingtür alle Geräusche ab, in der Mitte des Raumes bleibt er stehen. Diese Ruhe. Im Halbdunkel schimmern die Seidenbezüge der akkurat ausgerichteten Stühle, auf den Tischen feines Porzellan, schweres Silberbesteck ruht auf weichen Stoffservietten, zarte Gläser stehen Spalier. Herr Adam sieht sich um und nickt nachdrücklich. So gefällt ihm das Restaurant am besten. So still. Und vor allem: so menschenleer. Vor den Fenstern zieht der Wind durch die blattlosen Bäume der Uferpromenade, fröstelnd kräuselt sich der See im Dämmerlicht des Nachmittages. War eigentlich überhaupt mal Tag heute, fragt sich Adam, der lange geschlafen hat, beim Blick in die Welt da draußen. Ihm fällt seine alte Großmutter ein, die zu dieser Jahreszeit die immer gleiche Wetterwarnung ausgab, mit dem Zeigefinger in der Luft stochernd, *der März ist ein Kindstöter.*

»Adam, altes Tellertaxi, mach dir doch mal Licht hier!«, ruft Gröpke aus dem Nichts und platziert einen gekonnten Handkantenschlag in den Nacken seines Serviceleiters, Herr Adam zuckt zusammen, er hatte den Küchenchef nicht kommen hören.

»Mensch Adam, Alter, ich sach ma so, das wird ja überhaupt nicht mehr hell da draußen, ist das hier Helsinki, oder was?«

Gröpke hat jetzt einen Arm um Adam gelegt, spielt mit der anderen Hand an dessen Fliege, schwitzt redselig Restalkohol: »Hömma, Bude voll heute, 56 Couvert, Lehmanns sind dabei mit vier Gästen, Pingstädter wieder Fensterplatz wie immer, und die Aschmanns kommen auch noch mit sechs Leuten, machste bisschen schön bei denen, ne? Und kuckst mal, dass die nicht alle *à la carte* fressen, die sollen Menü nehmen, weißte Bescheid, Mensch Adam, diese Dunkelheit macht mich ganz trübsinnig!« Gröpke holt kurz Luft, seufzt ausdrücklich: »Ich sach dir, ich hasse diesen Job!« Adam, aus der Umarmung des Küchenbullen entlassen, rückt sich gerade und macht sich an die Arbeit. Ihm geht es da ganz anders. Er liebt seinen Beruf. Aufrichtig. Es sind eigentlich nur die Gäste, die Herr Adam nicht leiden kann.

Herr Pingstädter studiert konzentriert den Teppichlauf, Frau Pingstädter gibt schmallippig die Beleidigte: »Herr Adam! Wir haben das schon bei der Reservierung angegeben, dass wir am

Fenster sitzen wollen, wir sitzen immer am Fenster!« Heute nicht, denkt Herr Adam und lächelt herzlich: »Da muss was schiefgelaufen sein, ich mach's wieder gut, ein Glas Champagner auf meine Rechnung, Frau Pingstädter, kommt sofort, nehmen Sie doch schon mal da am kleinen Tisch bei der Garderobe Platz!«

Herr Adam zwinkert Frau Pingstädter verschwörerisch zu.

»Aber wir haben doch ...«

»Frau Pingstädter. Ich zeige Ihnen mal was.«

Mit ausladender Geste lenkt Herr Adam das Augenmerk der Eheleute Pingstädter zum Fenster: »Sehen Sie?« Eine ganze Weile stehen die drei schweigend, betrachten das große Fenster des hell erleuchteten Restaurants, draußen die Dunkelheit, nachtschwarze Rechtecke zwischen weißen Holzrahmen. Herr Pingstädter begreift zuerst: »Es gibt nichts zu sehen!«

»Es gibt nichts zu sehen.« Herr Adam nickt und holt den Champagner, er weiß, da ist noch eine Flasche mit einem Rest von gestern.

Herr Adam liebt insbesondere die ersten Abendstunden im Restaurant, die Kerzen brennen hoch, die Gäste unterhalten sich in angemessenem, gedämpftem Ton miteinander, sitzen aufrecht und aufmerksam vor unbefleckten Tischdecken, auf denen erst später mit Rotwein, Saucenfett und kalter Zigarrenasche der Verlauf des Abends festgehalten sein wird. Er mag die Klarheit der unberührten Gläser, das glänzend polierte Besteck. Er mag, dass am Anfang eines Abends alles an seinem Platz ist. Und dann der Auftritt der Kollegen: Braunthaler, der junge Sommelier im Zweireiher, silbern schimmert die kleine Traubenrispe am Revers, das Erkennungszeichen seiner Zunft; Lehrling Mirko mit dem strengen Façonschnitt und den ausbaufähigen Manieren und Helena, diese wunderschöne, große Frau. Manchmal unterbricht Adam seine Arbeit im Restaurant, unbemerkt und nur für eine Sekunde bewundert er Helenas Gang, ihre vornehmen, weichen Bewegungen, beobachtet den Lauf der Stofffalten auf ihrem akkurat gebügelten Hemd, sieht zu, wie sich ihre gepflegten Hände mit großer Zartheit um eine Wasserkaraffe legen und sich die Muskeln ihrer Unterarme beim Aufnehmen der schweren Teller spannen. Eine Sekunde nur, die Adam stets gänsehäutig zu seiner Arbeit zurückkehren lässt. Adam hat sie alle ausgesucht und eingestellt, Helena, Herrn Braunthaler, Mirko, er hat sie gelehrt, dass dienen Respekt erfordert, auch vor sich selbst.

Da kommen Aschmanns mit ihren Gästen, *Guten Abend* zwischen Mantelbergen, *ich darf Sie zu Ihrem Tisch führen,* dazu spielt Strauss, Johann Strauss, alle beide, der Vater und der Sohn, Best-of im Endlosloop, Gröpkes Idee. Alle 78 Minuten ertönt der Kaiserwalzer. Die Bestellung der Aschmanns bringt Adam lieber selbst in die Küche. Ungläubig starrt Gröpke auf den Bon: »Willst du mich verarschen, Adam? Sind das Aschmanns? Hab ich nicht gesagt, die sollen Menü essen?«

Herr Adam ist unendlich müde: »Wollen die aber nicht.«

»Arschloch«, zischt Gröpke und dreht sich um: »Bon neu! Tisch neun, zweimal das große Menü, dazu als Première zweimal die Gänsestopfleber, einmal die Langustenterrine und einmal die Austern. Deuxième: zweimal die Jakobsmuscheln. Troisième: zweimal Lamm, einmal Loup de Mer und einmal die Ente in zwei Gängen. Dessert auf Abruf.«

»Oui, Chef!«, antwortet die Küchenmannschaft aus einem Mund, es folgt vielstimmiges Fluchen und Stöhnen. Noch viermal Kaiserwalzer, dann ist Feierabend, denkt Adam, und irgendwie tröstet ihn der Gedanke nicht wirklich.

»Hier Tisch fünf, nimm ma mit«, grantelt Gröpke, schiebt zwei Teller unter die Wärmelampen der Durchreiche, greift zum Glas mit Kochwein, spült seinen Ärger in zwei großen Schlucken runter und annonciert: »Zweimal die Jakobsmuscheln mit Wasabi-Schaum und geröstetem Nori-Blatt.« Herr Adam nimmt die Teller auf und verschwindet aus der Hitze. Kurz vor der Schwingtür zum Restaurant biegt er ab ins Getränkeoffice.

Er stellt die Teller auf den Schanktresen, betrachtet sie lange und denkt, was er schon oft gedacht hat: Seltsam, dass so ein grober, schlichter Mensch wie Gröpke so etwas berührend Schönes, Filigranes erdenken und auf den Teller bringen kann. Adam stippt mit der Fingerspitze in die Sauce und leckt ab, cremig schmilzt der Schaum im Mund, die würzige weiße Fischsauce ist intensiv und reich, fein geschärft mit grünem Meerrettich aus Japan und einer feinen Säure von Limette und Zitronengras. Mit seinem Kellnermesser schneidet er von jeder Jakobsmuschel ein Stückchen ab. Das Muschelfleisch ist perfekt gebraten, noch schön glasig, knisternd schmilzt das knusprig geröstete Algenblatt. Eine Weile sieht er noch dem Schaum zu, der sich leise zersetzt, verflüssigt und zergeht, dann trägt er die Teller zurück in die Küche: »Reklamation, Tisch fünf! Den Gästen ist das Essen zu kalt!«

Gröpkes Augen weiten sich, schlagartig tritt Zornesröte in sein Gesicht, die geplatzten Adern auf seinen Wangen schimmern in kräftigem Lila. »Arschlöcher!«, schreit er, »alles Arschlöcher« und wirft eine Pfanne mit zwei Hirschmedaillons quer durch die Küche, dann noch mal: »Arschlöcher!«

Adam denkt an die Textur und das Aroma der Sauce, an das perfekt gegarte Muschelfleisch, zuckt mit den Schultern, er versteht es nicht: so ein Mensch. Und dann so ein Essen.

»Was gibt's denn da so schwul mit den Schulten zu zucken, Adam, das ist ja wohl deine Schuld, das zieh ich dir auch vom Gehalt ab, wenn ich das schon seh, wie du da immer im Schneckentempo raus servierst, klar wird das kalt, die Jakobsmuscheln zieh ich dir ab!«

Im Restaurant geigt *Der Ziegeunerbaron* auf Adams Nerven herum, der Sechsertisch will zahlen, aber bitte getrennte Rechnung, ja, auch den Wein, irgendwie umschichtig auf die sechs Einzelrechnungen verteilen, das sei ja wohl kein Hexenwerk. Während Herr Adam an der Computerkasse zaubert, flutet ein Gast an Tisch zwölf seine Sitznachbarin mit teurem Rotwein. Sommelier Braunthaler wirft mit Stoffservietten, sagt: »Macht doch nichts«, weiter lässt er sich nichts anmerken.

An Tisch fünf mault Herr Lehmann, es sei hier auch alles schon mal ein bisschen schneller gegangen, man warte nun schon ewig auf zweimal Jakobsmuscheln, und Frau Pingstädter vom Garderobentischchen will jetzt noch eine Flasche Champagner zum Dessert, *Wöööf Klickotte,* den mag sie, »weil die so schön orange sind, vom Etikett her, die Flaschen!«

Herr Adam atmet ein und atmet aus und lächelt und geht ins Getränkeoffice und stoppt die *Best-Of-Johann-Strauß-CD* und biegt den Silberling, bis er mit einem leisen *Knack* mittig bricht. Dann kehrt er lächelnd zurück an seinen Arbeitsplatz. Er merkt als Einziger, dass über dem Stimmengewirr keine Musik mehr läuft.

Während er am Tisch der Lehmanns die Flasche Sauvignon zu den Jakobsmuscheln öffnet, die bestimmt gleich kommen, erzählt Frau Lehmann vom Urlaub. Ägypten diesmal, aber zum letzten Mal, fast gestorben sei man vor Angst im Hotel, wegen der Volksaufstände, also wirklich, nie wieder und besonders bedauerlich sei das, weil das ja jetzt der Jahresurlaub gewesen sei, jetzt gehe es nur noch eine Woche nach London und über Neujahr zum Skifahren nach Ischgl, das sei Tradition. Betrübt seufzt Frau Lehmann in ihren Weißwein.

Herr Adam nickt wissend. Alle seine Gäste erzählen immerzu vom Urlaub, die einen haben ihn gerade hinter sich gebracht, die anderen schmieden Pläne. Herr Adam hat schon die ganze Welt gehört. »Und Sie so, Adam, Balkonien?«, dröhnt Herr Lehmann und grinst Beifall heischend seine Gäste an. Adam wird nachher beim Bezahlen dafür sorgen, dass es Probleme geben wird mit Herrn Lehmanns Kreditkarte.

Die jungen Leute an Tisch eins. Er nervös, sie erwartungsvoll. So geht Liebe los, weiß Adam, er hatte den beiden den Fenstertisch gegeben, Pingstädters hatten sich um volle zwei Minuten verspätet, da hat er natürlich den Tisch weggeben müssen! Zwei Gläser Champagner, zweimal kleines Menü, Flasche Wasser, zwei Gläser Weißwein, den offenen. Der junge Mann während des Essens ein einziges, flatterndes Bewerbungsgespräch, Erlösung dann, zum Hauptgang nahm sie seine Hand. Seitdem herrscht Erleichterung auf beiden Tischseiten, und Herr Adam hört Gespräche über die Unwegsamkeiten der gemeinsamen Vergangenheit, die leider erst hier und heute zum Happy End führten. Jetzt sitzt der junge Mann für einen kurzen Moment allein am Tisch und geht die Kammern seines Portemonnaies durch, die Stirn in Sorgenfalten gelegt. Herr Adam storniert die zwei Champagner von der Rechnung der Liebenden und setzt sie bei Pingstädters auf den Bon, die können ruhig mal einen ausgeben, für die Umstände und auf das Glück der jungen Leute.

In der Küche hält Gröpke sich mit beiden Händen am Stahlrahmen der Tellerausgabe fest, die ihn in rasender Fahrt mitzureißen droht, jetzt steht das Karussell, aber nur, solange Gröpke nicht loslässt. Sprechen kann er noch: »Wie, die Gäste wollen mich sehen? Die sollen nach Hause gehen, die Furzköppe!«

Ein letztes Mal geht Herr Adam durchs Restaurant, entschuldigt den Küchenchef, druckt Rechnungen aus. Herr Lehmann beteuert, heute Mittag hätte seine Kreditkarte noch funktioniert, er könne sich das gar nicht erklären, seine Gäste legen zögerlich zusammen und übernehmen den Preis der Einladung. Herr Pingstädter gibt 1 Euro 50 Cent Trinkgeld und setzt seine Frau als Geschäftsessen ab. Der junge Mann an Tisch eins schiebt erleichtert einen rötlichen Schein zusätzlich unter den Rechnungsbeleg, nickt Herrn Adam kurz und kräftig zu. Der überreicht Gröpke später den Briefumschlag mit dem Trinkgeldanteil für die Küche, halbe-halbe, wie ausgemacht. Na ja, fast. Wortlos lässt Gröpke den Umschlag in seiner ausgebeulten Hosentasche verschwinden, den Blick zu Boden gerichtet. Im Restaurant saugt Mirko Baguettekrümel aus dem Teppichdickicht.

Adam zieht sich das T-Shirt über den Kopf, *Santa Fu Hamburg* steht darauf, direkt über den gezeichneten Umrissen der Justizvollzugsanstalt Fuhlsbüttel, und hinten, auf dem Rücken, steht: *derbe rocker.* Immer ist er unsicher, ob er schon zu alt ist, noch bedruckte T-Shirts zu tragen, oder schon wieder alt genug. Das hier ist sein Lieblings-Shirt. Es ist das T-Shirt, das er am meisten mit den Begriffen *Feierabend* und *Freizeit* verbindet, das passt jetzt gut, findet Adam.

Vor der Umkleide rumpelt etwas die Wendeltreppe runter, wenn das mal nicht Gröpke war, denkt er, schließt die Knöpfe seiner Jeans und geht nachschauen. Gröpke liegt stöhnend auf der letzten Stufe der Treppe, reibt sich den breiten Schädel, die Augen zusammengekniffen. »Adam«, keucht er, zieht sich an seinem Oberkellner hinauf, kommt wieder auf die Beine: »Nix passiert!« Gröpke lächelt schief. Gott ist mit den Kindern und den Betrunkenen. »Adam, wir brauchen hier mehr Licht!« Mit glasigem Blick sieht der Koch die Wendeltreppe hinauf ins Dunkel, sortiert sichtbar seine Gedanken und sagt dann: »Tut mir leid wegen vorhin, die Schreierei, war so im Stress und hab auch heute 'n bisschen viel getrunken, morgen mal nur Wasser für mich, wa, Adam, altes Tellertaxi!« Gröpke lacht grob, und Adam nickt, wie jeden Abend an dieser Stelle: »Bis morgen dann, Gröpke, schlafen Sie gut!«

Adam tritt hinaus in die Nacht, hinaus aus den Küchengerüchen, lässt den Rauch von verbranntem Fett und den Dunst der Parfümwolken seiner Gäste zurück, es hat aufgehört zu regnen, frisch gewaschen weht die Nacht den Duft von altem Holz und Wasserlinsen über den See. Helena steht an der Uferpromenade, schon umgezogen, wartend, unter einer Bogenlampe, beleuchtet wie ein wertvolles Gemälde.

»Bist du nicht ein bisschen zu alt für bedruckte T-Shirts?«, lacht sie und zieht fürsorglich den Reißverschluss seiner Jacke nach oben, streicht mit ihren Fingern durch sein Haar, küsst ihn kurz, er zuckt die Schultern und lächelt: »Du wirst es mir hoffentlich sagen.«

Sie gehen in Richtung Innenstadt, auf die Lichter zu. Hinter ihnen wird das Restaurant immer kleiner, verschwindet im Dunkel. Herr Adam atmet tief ein.

JAKOBSMUSCHELN MIT WASABI-SCHAUM UND GURKE

ZUTATEN

Für 4–6 Personen

1/2 Salatgurke
Zucker
Salz
1 Nori-Algenblatt
80 g Schalotten
1 Stängel Zitronengras
50 g Butter
1/4 Liter trockener Weißwein
1/4 Liter Fischfond a. d. Glas
1/2 Limette
200 ml Schlagsahne
1/2–1 Tl Wasabi-Paste
2–6 Jakobsmuscheln pro Person (siehe Tipp)
4 El Olivenöl
Pfeffer aus der Mühle

ZUBEREITUNG

1.

Von der Gurke mit einem Sparschäler nur jeden zweiten Streifen Schale abschälen. Gurkenfleisch mit einem Perlausstecher ausstechen. Die Gurkenperlen mit etwas Zucker bestreuen, einer Prise Salz würzen und beiseitestellen. Nori-Blatt in einer Pfanne ohne Öl rösten, bis es zu knistern beginnt und sich leicht bräunt.

2.

Schalotten und Zitronengras in feine Scheiben schneiden und in einem kleinen Topf in 20 g Butter glasig dünsten. Mit 1 Tl Zucker bestreuen, mit Weißwein auffüllen. Offen auf die Hälfte einkochen. Fischfond und die Hälfte des Nori-Blattes zugeben, offen auf die Hälfte einkochen. Fond durch ein feines Sieb in einen zweiten, kleinen Topf passieren. Limettenschale fein abreiben und mit der Sahne zugeben. Offen 6 Minuten kochen. Mit Salz und einem kleinen Spritzer Limettensaft würzen.

3.

Gurkenperlen abtropfen lassen und auf Tellern anrichten. Das übrige halbe Nori-Blatt zerbröseln. Die Jakobsmuscheln in einer Pfanne im heißen Öl von jeder Seite 2–3 Minuten braten, mit Salz und Pfeffer würzen und warm stellen.

4.

Die Sauce aufkochen, 30 g kalte Butter und Wasabi zugeben und mit dem Stabmixer schaumig pürieren. Die Jakobsmuscheln auf den Gurkenperlen anrichten, mit der Sauce beträufeln und mit zerbröseltem Nori-Blatt bestreuen. Sofort servieren.

Tipp

Das Rezept kann als Vorspeise eines Menüs für 6 Personen serviert werden (2–3 Jakobsmuscheln pro Person) oder als Hauptgang für 4 Personen (5–6 Jakobsmuscheln pro Person). Als Beilage für einen Hauptgang eignen sich die zarten, dünnen Capellini-Nudeln, die vor dem Servieren, heiß und tropfnass, mit einem Teil der Sauce vermengt werden können.

Zubereitungszeit

30 Minuten

WELLEN-
REITER

Wiedergeburt, das ist ja so ein Thema für Leute, die Schiss vor der eigenen Endlichkeit haben oder zu selbstverliebt sind, um sich vorstellen zu können, dass sich die Erde auch mal ohne sie drehen wird. Oder natürlich für kluge Buddhisten mit Durchblick. Ich gehöre momentan keiner dieser drei Gruppen an, denke aber viel nach in den letzten Tagen. Irgendwas stimmt nicht mit mir. Ich verändere mich. »Ganz schön braun bist du geworden«, sagt die Liebste. »Crem dich lieber noch mal ein.« Zu sehen ist die Veränderung also nicht.

»Ich geh lieber noch mal ins Wasser«, entscheide ich und laufe mit weiten Schritten durch den heißen Sand zum Meer, das Wasser kühlt die Fußflächen im letzten Moment. Ich sehe hinüber zu den Häusern des alten Dorfes, die in den knochenbleichen Felsen hängen wie getrocknete Vogelnester, früher hielt man von dort Ausschau nach Piraten. Draußen auf dem Meer stehen Segelyachten, bewegungslos in der Windstille, kleine motorisierte Schlauchboote bringen die Segler in die Strandrestaurants, auf deren bunt gestrichenen Dächern die Telefonnummern für Tischreservierungen aufgemalt sind, riesige weiße Zahlen, aufgetragen mit saftigen Pinselstrichen. Immer mehr Taxiboote springen knatternd über das dunkelblaue Wasser, das kurz vor der Küste türkisgrün ausfranst. Am Strand spielt ein Rasta mit seinem Hund. Der Hund beißt die geworfene Frisbeescheibe zackig aus dem Himmel, der Himmel ist so blau, man könnte diesen Himmel nicht malen, man kann diesen Himmel nicht fotografieren. Ein einzigartig blauer Himmel, zum Selbstmerken. Jeden Tag stehe ich am Meer, seit einer Woche schon. Mein Haar ist hell und strohig geworden unter der weißen Sonne, ich atme die warme, mineralische, trockene Luft ein, während ich langsam ins Wasser gleite, immer weiter weg vom Strand, das

Wasser wird kühler, beginnt an mir hinaufzuklettern, meine Füße verlieren den Grund, und dann passiert es, ich werde ein anderer. Ich tauche ein, ich schwimme los, mit kräftigen Zügen. Mein Körper, den ich zu Hause immer ein bisschen ungelenk, verspannt und dicklich finde, bewegt sich geschmeidig. Meine dünnen Arme schaufeln kraftvoll, elegant durch die Wellen. Ich schwimme weit hinaus, alles fließt, alles strömt, ich werde nicht müde, und es ist, als hätte ich nie etwas anderes getan.

Es ist nicht so, dass ich ein großer Schwimmer wäre. Mit der Volljährigkeit habe ich den persönlichen Badebetrieb eingestellt, ich habe seit zwanzig Jahren kein Hallenbad mehr betreten, und der Besuch eines Freibades erscheint mir retrospektiv selbst bei heftigeren Hitzewellen völlig absurd. Muffig riechende Baggerseen mit flirrenden Algen in moosgrünem Trübwasser animieren mich allerhöchstens zum Grillen am Uferrand. Nein, für mich muss es schon das Meer sein.

Die Liebste winkt mir vom Strand aus zu, sie schwenkt eine Zeitschrift über ihrem Kopf, die Sonnenbrille zwei riesige, schwarze Augen. Jeden Tag schwimme ich ein bis zwei Stunden, und erst am Strand bemerke ich, dass ich nichts gedacht habe in dieser Zeit, nur aufgenommen. Die mir eigene Gedankenrastlosigkeit ertrinkt, sinkt trudelnd auf den Meeresboden unter mir und bleibt zurück, während ich weiter schwimme, schwimme, schwimme. Die Geräusche des Wassers hören, das weiche Wippen spüren, das Perlen des Wassers durch meine Hände. Unter Wasser lauschen. Das feine Klirren der Ankerketten im weit entfernten Fischerhafen, wie dünne Glasstäbe, die aneinander schlagen. Und wie das Meer riecht, wie das Meer schmeckt! Kein Koch würzt so verschwenderisch und doch so elegant.

Tauchen auch, tief eintauchen in die zunehmende Kühle, dem verschwommenen Grund entgegen. Ich huste viel zu Hause, ich rauche ja auch viel. Im Meer habe ich Luft.

Später am Mittag schlüpfen wir unter den Schatten der Strandbude mit dem blauen Dach, setzen uns an den Tresen, streichen ein paar Sandkörner aus dem Haar, wir küssen uns und trinken kaltes Bier aus gefrorenen Gläsern. Die Segler rufen nach mehr Wein, liegen wie satte Könige in den Klappstühlen, ihre Frauen lachen in geleerte Gläser, lutschen Eiswürfel, die Kinder bauen Sandburgen zwischen den Tischen.

In der Küche steht Anjos, er winkt uns über die blau gestrichene Salontür zu: »Hallo Leute, schöner Tag heute!«, dann wendet er die goldbraunen Fische im flüsternden Olivenöl, stapelt Cheeseburger, rüttelt fettglänzende Pommes frites in schwarz gebrannten Gitterkörben. »Extramenü«, ruft er, keine Frage, wischt sich den Schweiß mit einem Küchentuch aus dem Gesicht und lacht ein Lachen mit sehr wenigen Zähnen, alle hundert Falten seines Gesichts lachen mit. Anjos spricht unsere Sprache, wie überhaupt jeder hier unsere Sprache spricht. Wir revanchieren uns mit den wenigen Vokabeln aus dem Reiseführer, Kategorie *Im Restaurant,* es ist uns immer ein bisschen peinlich. Anjos ist hier geboren, »ich komme aus Krefeld«, sagt er aber, das sei seine Heimat. Mit seiner Frau betreibt er dort ein kleines Lokal, im Sommer ist er alleine hier, bewirtschaftet die alte Strandbude seiner Familie. »Das hält die Liebe jung, solltet ihr mal sehen, im Herbst ist die Liebe wie neu, hält den ganzen kalten Winter«, Anjos lacht, häuft Salatstreifen auf eine Silberplatte, sprenkelt Zitronensaft und dickflüssig funkelndes Olivenöl darüber, bettet die gebratenen Fischfilets darauf. Und dann kommt das Extra.

In einer zweiten Pfanne raucht Olivenöl, darin brät Anjos eine Handvoll winziger Calamares scharf an, gibt Kichererbsen dazu und grob gewürfelte Tomaten, gehackten Knoblauch, ein Lorbeerblatt und eine Chilischote, eine Handvoll Kräuter. »Was da ist! Ganz egal«, erklärt Anjos, es zischt und duftet, augenblicklich. Viermal fliegt der Pfanneninhalt in die Luft und wieder zurück in die zerbeulte Pfanne, Zitronensaft noch und etwas Salz und frisches Olivenöl, und dann löffelt Anjos die Calamares mit dem Sud über den gebratenen Fisch. »Ist ein bisschen doppelt, so mit Fisch und Calamares, ist aber auch doppelt gut«, sagt er und schiebt die Platte mit zwei Gabeln über den Tresen, reißt knuspriges Brot mit schneeweiser Krume von einem großen Laib. »Lasst es euch schmecken, Leute!«

Wir genießen schweigend das reiche Essen, die Doppelung aus zartem Fischfleisch und dem leichten Biss der gebratenen Calamares, das Nussige der Kichererbsen mit der Frische der Tomaten und der Würze der frischen Kräuter. Noch ein Bier, dann drehe ich mich wieder zum Meer, ich werde unruhig.

Seit einer Weile schon brandet das Meer in hellschaumiger Aufregung, am Horizont quellen weiße Wolken aus dem Himmelblau, die Ränder schwarz gefärbt. Die wachsenden Wellenberge tragen neblige Hochzeitsschleier hinter sich her, darin taumeln Wellenreiter in schwarzen Anzügen schwankend dem Strand entgegen, wie Fruchtfliegen auf Bierschaum. Eine große Freude erfasst mich. Ja, heute könnte es noch ein roter Tag werden! Ich sehe hinüber zum Holzmast neben dem Liegestuhlverleih am Rande des staubigen Parkplatzes. Gelb. Die Flagge am Mast ist gelb. Gelb ist Kinderkacke, das haben wir hier jeden zweiten Tag, gelb machen Whirlpoolbesitzer zu Hause per Knopfdruck, gelb ist nichts für Meeresbezwinger wie mich.

Ich muss an Herrn Rumpolding denken, den Bademeister meiner Heimatstadt, den König des Waldschwimmbads. *Nicht mit vollem Magen ins Wasser gehen!* Gänsehäutig und mit blauen Lippen standen wir auf den glühenden Steinen vor der Imbissbude des Waldschwimmbads und warteten, von einem Fuß auf den anderen springend, auf die Pommes frites, die uns Frau Rumpolding für 1,50 DM verkaufte, in großen fettfleckigen Dreieckstüten, eine sehr teure Spezialität im Wert von drei Grünofant-Eis. Herr Rumpolding verfolgte uns bis zu unseren Liegeplätzen, warf einen breiten Schatten auf unsere schmalen Handtücher und erklärte die Regeln: »Nicht mit vollem Magen ins Wasser gehen! Ich kenne euch alle, ich merk mir eure Gesichter, und ich will in der nächsten halben Stunde niemanden von euch im Wasser sehen.« Dann sah er auf seine Armbanduhr, zeigte uns das Ziffernblatt, nickte nachdrücklich und kehrte zurück auf seinen Hochsitz. Eine halbe Stunde war damals ein ganzer Nachmittag.

Ich sehe auf die Uhr. »Wollen wir mal zurück?«, fragt die Liebste.

»So langsam«, antworte ich, ziehe den gefalteten Geldschein aus der Badehose und frage mich, was Herr Rumpolding wohl zu den zwei Flaschen Bier sagen würde.

Gelb, immer noch. Die Liebste wirft sich ein Tuch über die Schultern: »Irgendwie frisch ist das geworden.«

Ich sehe mich nach Herrn Rumpolding um. »Ich geh noch mal schwimmen«, sage ich, werfe das Wechselgeld in die Strandtasche und laufe ins Meer. Mit kräftigen Zügen schwimme ich aus der schaumigen Gischt des Strandbereiches, ich merke schnell, holla, das ist aber sehr gelb heute. Ich kraule weiter hinaus aufs Meer, draußen strample ich auf der Stelle, drehe mich um zum

Strand, um der Liebsten zu winken, bestimmt macht sie sich Sorgen. Ich kann sie nicht sehen. Um mich herum nur Wellenberge, kein Horizont mehr, der Strand ist verschwunden, überall Wellen, sehr große Wellen, und sie scheinen nicht nur von vorn zu kommen, nein, auch von links und rechts, dazwischen strudeln fließende, saugende Wellentäler, in denen sich perlend schäumende Augen öffnen. Na, das ist doch voll mein Ding hier, denke ich noch, springe auf eine Welle, um zu sehen, ob wenigstens der Strand noch da ist, und wende mich beruhigt wieder dem Meer zu.

Ich muss nur mit dem Meer schwimmen, nicht gegen es, dann kann mir nichts passieren. Dann passiert es, ich habe sie nicht kommen sehen, die Mutterwelle. Es kommen ja immer so vier, fünf Babywellen, dann zwei, drei Halbstarke, und dann folgt immer die eine, die Mutterwelle. Diese hier, vor mir, ist so groß wie eine Gartenlaube und so breit wie acht Getränkeautomaten nebeneinander. Eine Wand aus graugrünem Wasser, die Luft ist flüssiges Salz. Ich habe sie nicht kommen sehen, es ist zu spät. Ich könnte tauchen. Tauchen bei Wellengang ist was für Grünflaggen-Schwimmer, ich tue das einzig Richtige. Ich stelle mich der Gefahr. Ich springe seitlich auf die Gartenlaubenwand. Eine gute Entscheidung, sofort werde ich aufs Hausdach getragen, für einen Moment gibt es wieder einen Horizont, sogar mein Po ist jetzt raus aus dem Wasser. Tolle Sicht. Aber nur kurz, plötzlich bin ich im Inneren der Gartenlaube, Hausbesichtigung, ungefähr zwanzig Sekunden lang, vom Dachstuhl über fünf Etagen hinunter in den dunklen Keller, darin steht eine Waschmaschine, die ist im Mietpreis inbegriffen und läuft auch schon auf Hochtouren, ich bin eine Jeanshose im Schleudergang, dann spuckt mich die Gischt am Strand aus.

Ich gehe ein bisschen unsicher. Ja, gut, ich wanke. Ich ziehe mir die Badehose wieder hoch und gucke mit brennenden Augen den Strand entlang. Ganz verschwommen sehe ich in der Ferne Herrn Rumpolding stehen, er hat seine weiße Bademeisterhose an und sein weißes Bademeister-Poloshirt. Er steht beim Liegestuhlverleih, direkt neben dem Holzmast. Er winkt mir. Meint er mich? Mit dem Finger zeigt er hinauf zur Flagge, es ist frisch beflaggt, die Flagge ist rot. Der kann mich mal, denke ich, der olle Waldschwimmbad-Aufpasser, ich kehre selbstverständlich sofort zurück ins Meer. Ist ja lang her, Herr Rumpolding hat mich vielleicht auch einfach nicht mehr erkannt, ich habe mich schließlich auch sehr verändert. Ich bin nicht mehr der, der ich mal war. Ich bin der wiedergeborene König der Weltmeere, Herr über Schaumkronen und Wellenberge, Gebieter der Gezeitenströme! Ich winke noch einmal meiner Frau, drehe Herrn Rumpolding den Rücken zu und gehe aufrechten Schrittes zurück ins Meer. Es erfasst mich ein Gefühl großer Freude, ein tiefer Stolz durchdringt mich, als ich nach links und rechts sehe und erkenne: Ich bin nicht allein. Alle anderen Kinder bleiben auch noch im Wasser.

ANJOS' EXTRAMENÜ

ZUTATEN

Für 4 Personen

600 g Fischfilet (Fang des Tages, entgrätet, ohne Haut)
400 g kleine Calamares
Salz
1 Römersalatherz
4 El Öl
Pfeffer
1 Zitrone
100 g Kirschtomaten
1/2–1 frische, rote Chilischote
1–2 Knoblauchzehen
1 Handvoll gezupfte Kräuter (z. B. Petersilie, Basilikum, Fenchelgrün, Zitronenthymian)
Olivenöl
1 Lorbeerblatt
100 g Kichererbsen, aus der Dose, abgetropft
1 Baguette oder Ciabattabrot

ZUBEREITUNG

1.

Die Fischfilets kalt abspülen und trocken tupfen. Calamares in kochendes Salzwasser geben, sofort wieder abgießen und in kaltem Wasser abschrecken. Auf Küchentuch abtrocknen und in eine Schüssel geben. Römersalat in Streifen schneiden, waschen, trocken schleudern und auf Teller verteilen.

2.

Öl in einer Pfanne erhitzen, die Fischfilets darin von jeder Seite 3–4 Minuten braten. Mit Salz, Pfeffer und einem Spritzer Zitronensaft würzen. In der Pfanne lassen und beiseitestellen.

3.

Kirschtomaten halbieren, Chili in Ringe schneiden. Knoblauch und Kräuter grob hacken. 5 El Olivenöl in einer zweiten Pfanne erhitzen, die Calamares darin kurz scharf anbraten. Lorbeer, Kichererbsen und Tomaten zugeben, einmal durchschwenken. Knoblauch und Chili zugeben, durchschwenken und 2 Minuten braten lassen. Die Kräuter zugeben und durchschwenken. Mit Salz und etwas Zitronensaft würzen und durchschwenken.

4.

Salat mit etwas Zitronensaft und Olivenöl beträufeln, mit Salz bestreuen. Die Fischfilets darauf anrichten und die Calamares-Pfanne auf die Fischfilets verteilen. Mit dem Brot sofort servieren.

Tipp

Am besten geeignet für dieses Gericht sind festfleischige Fischfilets. Die Kräuter lassen sich variieren, gut passen auch Schnittlauch, Dill oder Rosmarin.

Zubereitungszeit

20 Minuten

DIENST-
SCHLUSS

Ich seh den großen Saal,
ich seh das Personal,
die Herrschaften vergnügen sich,
im Dunkeln warten sehnsüchtig
Gestalten zweiter Wahl
(Das Personal, klotz+dabeler)

Immer diese Müdigkeit. Mittags schlafen, tief schlafen, totenähnlich schlafen. Nicht eben kurz zwanzig Minuten wegsegeln, nein, tief schlafen, tauchen, in ein tiefes Loch von zwei, drei Stunden, aus der Welt gerissen sein, das Loch gefüllt mit Nacht, obwohl es Mittag ist. So ist diese Müdigkeit, und die geht nicht weg. Reto Gamper reibt sich den schuppigen Nacken, die Handfläche streicht über graue Haut, unter der müde Muskeln schmerzen. Er setzt sich auf und sieht durch die geöffneten Bogenfenster der Kaisersuite hinaus und hinauf auf die Gipfel der Berge, die gleichgültig stehen und lange Nachmittagsschatten auf das Hotel werfen. Er ist eingeschlafen auf dem samtbezogenen Sofa, nie würde er das große Doppelbett nutzen. Eigentlich wollte er sich auch nur kurz ausruhen auf seinem letzten Rundgang durch das Hotel, jetzt ist er wach, mit diesem steifen Nacken, den die Couch macht. Fröstelnd schließt er die Fenster und Vorhänge, klopft die Sofakissen aus, Staubwolken steigen auf.

Leise schließt er die schweren Türen der Suite, als ob da noch jemand wäre, den er wecken könnte, lächelnd schüttelt Reto Gamper den Kopf. Liza Minelli hat hier geschlafen, damals, nachdem sie unten im Saal ein Konzert gegeben hatte, Gunter Sachs hat hier genächtigt, die Jaggers, Onassis, die junge Romy Schneider. Wenn er die Augen schließt, sieht er die Minelli auf sich zukommen, sie trägt ein weißes Kleid, ihre Augen sind funkelnde Kohlen, ihre lachenden Lippen glänzen rot, während sie in ihrer weißen Cocktailtasche vergeblich nach Trinkgeld sucht, nur ein Taschentuch findet und Lippenstift und Wimperntusche, die Minelli muss ja nun wirklich kein Kleingeld durchs Hotel tragen, und sie lächelt und zuckt mit den Schultern, und sie küsst ihn. *Good night, Mr. Gämper,* sagt Liza Minelli und zieht die Tür hinter sich ins Schloss. Er sieht den Flur hinunter, den die Minelli ging, auf hohen, schwarzen Schuhen, bedeckt mit glitzernden Kristallsteinen, der Teppichboden ist verschwunden unter einem weichen, dicken Fell aus Schimmel, ein feuchter Rasen aus grauen Halmen, dicht an dicht. Hier oben ist es am schlimmsten mit dem Schimmel, das ganze Dach eingesunken, weich wie in Wasser geweichte Brotscheiben. Über dem modrigen Gebälk fliegen schwarze Dohlen durch den dunkelblauen Abendhimmel. Die sterben auch aus, denkt Reto Gamper, drückt den Fahrstuhlknopf, schüttelt den Kopf über diese, seine kleine Dummheit und nimmt die Feuertreppe nach unten.

Hinter der Rezeption ist sein Reich. Der Strom ist lang schon abgestellt, er zündet eine Kerze an und lässt sich auf das Klappbett fallen, legt sich die schwere Armeedecke über die Beine, die macht ihn fertig, diese Müdigkeit, hat ihn schon wieder eingeholt, nach nur fünf Stockwerken. Nur noch bis morgen, dann wird sich zeigen, ob der Schlaf anderswo ein anderer ist, erholsam vielleicht, traumlos vielleicht. Morgen ist Schluss. Morgen verlässt er als Letzter das Hotel, wie ein stolzer Kapitän, er hat sich das so gewünscht. Der Koffer steht gepackt am Ende des Bettes, nur eine Mulde noch frei zwischen seiner Arbeitskleidung, den Hemden, Hosen und Anzügen, den Schachteln mit den Bindern, eine Mulde für die Nachtwäsche und seine lederne Kulturtasche, morgen früh. Er atmet leise, hustet laut, die Sporen und Pilze in seinen Lungenflügeln wird er mitnehmen und das Klamme in seinen Knochen auch.

In den Winternächten glühte das Hotel damals in stolzem Lichterschein, das Gelächter und die Musik flogen hinaus über alle Gipfel und hinunter in das stille Tal. Die Sommer waren heiß, es roch nach Heu und Sonnenmilch, und abends dufteten die Damen nach teurem Parfum, die Männer rauchten schwere Zigarren an den geöffneten Fenstern des Salons und zerredeten die Welt. Festgehalten ist das auf vergilbten Fotos im Hotelprospekt, einen ganzen Stapel hat er unter den Hemden im Koffer verstaut. Die Bilder versprechen Sonnentage auf seidenmattem Papier, das beim Blättern kühl die Fingerkuppen streichelt. Vielversprechende Farbfotos, die zeigen, was war, Bilder, die künftigen Gästen einst die Zukunft zeigten, die Zukunft eines schönen Urlaubstages. In die Zukunft kann niemand reisen, so erfährt niemand vom Abriss, der dort passiert, seit Jahren, jeden Tag. Steine verschwinden, Mauerwerk bröckelt, Balken brechen, Schrauben werden gelockert, bis alles zusammenbricht. Eines Tages. Morgen schon.

Auf der letzten Seite ein Foto von Luca. Ein stolzer Kerl, dünn wie ein Strich, da wo andere einen Bauch haben, schlug die Kochjacke ein liegendes U. Aus Südtirol war der gekommen, hatte nicht viel gesprochen, nur gekocht, wohl auch nie geschlafen, die wirren Haare unter der Kochmütze klebten ständig an einer schweißnassen Stirn, ein Blick wie Fieber, immer konzentriert über Töpfe, Pfannen, Teller und Servierplatten gebeugt, lauernd und wach. Auf dem Foto sieht Luca direkt in die Kamera, die

Anstrengungen des Lächelns sind ihm anzusehen, sein Haar ist gekämmt, er steht auf der Sonnenterrasse und tut nichts weiter, als ein Lächeln zu probieren.

Durch das Bullauge sieht Reto Gamper die Hotelküche im Dunkeln liegen, energisch tritt er gegen die zerkratzte Blechverkleidung, die das untere Drittel der Schwingtür vor den Fußtritten der schwer beladenen Kellner schützte, die mit Samthandschuhen die Speisen auf Tableaus hinaus in die Säle trugen, mächtige Teller mit dampfenden Speisen unter silbernen Cloches, in denen sich verliebt das Publikum spiegelte, unter Kronleuchtern. Staunende Gesichter, wenn sich die Wärmeglocken auf sein Kommando in die Luft hoben und den Blick auf das Essen des jungen Luca freigaben, nicht selten brandete Applaus auf im Lachen und Lärmen der Festgesellschaften. Eine Armee von Jungköchen schwitzte im Dampf der Kessel, im Rauch der Pfannen, die Gesichter gerötet von den offenen Flammen, die aus den brennenden Öfen in die Höhe sprangen, wenn mit schweren Eisenhaken die Ringe der Herdplatten neu geordnet wurden. Das Knistern und Knacken der gekachelten Feueröfen mit den goldpolierten Griffen und die Rufe der Köche erfüllten den hohen Raum, in der Metzgerei schlugen die Schlachter auf Bestellung große Steaks mit grauweißen Knochen aus den gereiften Fleischleibern, dazwischen die Rückkehr der Kellner, Berge von Porzellan in der Spülküche, zwischen verkrusteten Töpfen, Sauteusen und gusseisernen Kokotten. Vorne am Pass der junge Luca, konzentriert, lauschend, schmeckend, riechend, geübte Bewegungen, kein Wort zu viel. Und weiter! Neue Bestellungen, Notizen und Kürzel auf weichem Durchschlagpapier, das Champagner-Käsefondue mit Trüffel für sechs Personen, tout de suite, Bündner Fleisch à part! Deux fois Blanquette de veau au citron, deux fois homard au beurre d'escargots, fünf Mal die geräucherte Forelle mit Wildkräutersalat an table soixante-quatre!

Tausende der geräucherten Forellen müssen er und seine Kollegen durch diese Tür getragen haben, damals, eine Erfindung des jungen Luca. Die Forellen fingen die Fischer in den kalten Wassern der Bergseen, Luca räucherte die glänzenden, steifleibigen Fische in einer Räucherhütte, die er selbst und gegen die Bedenken der Direktion auf dem Dach des Hotels errichtet hatte, die freiwillige Feuerwehr aus dem Tal war nur beim ersten Räuchergang angerückt, nachdem sie dichten Rauch über dem Grandhotel hatten aufsteigen sehen. In großen Wannen, mit viel Eis bedeckt, schob Luca die Fische in die bald schwarz gebrannte Räucherkammer, zog die Lüftungsklappen zu und wartete, eine selbst gedrehte Zigarette lang. Zurück in der Küche hob er die immer noch rohen Fische mit der vornehmen Rauchnote aus dem Eiswasser, auf Bestellung wurden sie in schäumender Butter saftig gebraten. Darauf war vor Luca niemand gekommen im Tal, das Geheimnis war das Eis, die Kalträucherung, seine Forellen waren mit den harten, trocken geräucherten Fischen anderer Köche nicht zu vergleichen. Dazu servierte Luca eine Frühlingszwiebel-Hollandaise. Die fein geschnittenen Frühlingszwiebeln gab der Küchenchef roh, erst kurz vor dem Servieren, in die warme, reiche Buttersauce, die dadurch eine raffinierte Frische erfuhr, die von dem winzigen Schluck frischem Fendant-Wein aus dem Wallis noch unterstützt wurde. Die Gäste waren süchtig. Auch nach dem Wildkräutersalat, der dazu serviert wurde. Von April bis in den September hinein stieg der junge Koch jeden Morgen hinab zu den tiefergelegenen Almwiesen und dem angrenzenden Wald, sammelte Löwenzahn, Brennnesselspitzen, Vogelmiere, Spitzwegerich und wilden Fenchel. Einmal hatte

Luca ihn, Reto Gamper, mitgenommen, auf seine Bitte hin, früh noch, im Zwielicht der endlichen Nacht hatten sie sich vor dem Personaleingang getroffen und waren gemeinsam losgelaufen, drei Stunden lang, zum Frühstücksservice waren sie wieder zurück. Sie hatten nicht viel gesprochen an diesem kühlen Morgen, doch war an diesem Tag das Gefühl in ihm gewachsen, dass er schon immer gehabt hatte, von Anfang an, er betrachtete Luca wie einen Sohn, den Sohn, den er nie hatte, weil er verhochzeitet war mit seinem Beruf, so hatten es die wenigen Serviertöchter, denen er sich interessiert genähert hatte, formuliert, meist nach wenigen Wochen oder Tagen nur ihr Urteil gefällt und sich verabschiedet aus der Situation. Die Liebe war nicht zu greifen für Reto Gamper, aber dieses Gefühl, Luca wie einen Sohn zu betrachten, genoss er sehr, wenn auch heimlich. Dass sie kaum miteinander gesprochen hatten, in der Zeit, die sie gemeinsam im Hotel gearbeitet hatten, nicht mal beim gemeinsamen Ausflug in die Kräuterwiesen, das störte Reto Gamper nicht, Väter und Söhne, so hörte man es doch allenthalben, sprächen ja überhaupt nur selten miteinander, so sei das eben, ganz natürlich, keine großen Worte unter Männern.

An den Abschied erinnert sich Reto Gamper überhaupt nicht mehr. Konnte es sein, dass sein Sohn grußlos gegangen war? Eines Tages war er nicht mehr in der Küche erschienen, und ein paar Tage später hatte ein anderer seinen Platz eingenommen, so gute Leute muss man ziehen lassen, die kann man nicht ewig halten, das war doch klar, Herr Gamper, so hatte es ihm die Direktion auf Nachfrage erklärt, ein Restaurant wolle er aufmachen, der junge, talentierte Koch Luca, nein, wo genau, habe er nicht gesagt. So stellte es sich ihm, Reto Gamper, auch Jahre später noch dar: Der junge Koch, sein Sohn, war gegangen ohne einen

Gruß. Die Erinnerungen machen traurig und müde. Ein letztes Mal, das weiß er, geht er durch die Küche, streichelt im Vorbeigehen mit den Handflächen die lang erkalteten Herdplatten. Im Kämmerchen hinter der Rezeption löscht er das Kerzenlicht, legt sich gerade auf das Feldbett, die Hände über dem Bauch zusammengefaltet und schläft sofort ein, atmet ein, atmet aus, zieht Kreise, verliert den Halt zwischen schwankenden Stützen und bröckelnden Steinen, die losen Schrauben auf dem Boden kullern leise über den Rand und schlagen nicht auf.

Augen auf.

Sonnentag.

Atmen, husten, rasseln, Auswurf. Zähne putzen. Der Schimmel geht nicht weg davon, es riecht aber besser, ein wenig, nur kurz. Dann los! Heute Dienstschluss. Es ist noch früh am Tag, sie kommen vor der Mittagsschlafenszeit, haben sie gesagt, Schlüsselübergabe am Vormittag, es wäre ihnen dann eine Ehre, noch mit ihm Mittag zu essen, unten im Tal, in diesem schönen, neuen Restaurant und Montag schon wird abgerissen und Dienstag neu gebaut und Mittwoch müssen neue Prospekte gedruckt werden. Bis dahin: Zeit vertreiben! Es gibt ja immer etwas zu tun. Noch einmal die Prospekte lesen und den Willen zeigen, glauben zu wollen, es gäbe das alles immer noch und weiterhin, so war das doch eigentlich mal abgemacht, so steht es im Prospekt: Ganzjährig geöffnet. Man müsste nur mal den Schimmel abkratzen, mit den Händen die Sporenflechten wegscheuern, das wäre eine Arbeit und hinter dem Schimmel dann aber festes Mauerwerk, auf das gebaut werden kann. Und Malerarbeiten. Die Zukunft auf warmem Backstein in die Länge ziehen, sonnenbestrichen. Jetzt erst mal kratzen am losen Putz, ordentlich kratzen, es kann ruhig schmerzen, es lohnt doch, und natürlich ist man müde am Abend. Oder schon am Mittag. Das ist doch ganz normal. Andere kratzen auch, jammern aber viel, sehen Sie mal meine Hände, die Finger bluten vom Kratzen. Alle, die jammern, kratzen nicht richtig. Gekratzt wird in aller Stille. Eine Frage der Einstellung. Jammern hilft nicht gegen Schimmel. Nur Kratzen. Und abends gegen die Müdigkeit kämpfen und noch in Prospekten blättern und sich wundern, über das seidenmatte Papier, das nicht mehr zu spüren ist und nicht mehr kühlt durch die Verbände an den Fingerkuppen. Aber die Bilder, die sind noch da, die kann man mitnehmen, in die Nacht.

Luca nimmt den Hörer ab, der erste Läutton ist noch nicht einmal verklungen, das Krankenhaus in Glandern ist am Apparat: Ihr Vater ist tot, es tut uns leid. In die Stille hinein erklärt der Arzt zögerlich, es sei doch so etwas wie ein Wunder, dass Reto Gamper so lange durchgehalten habe, so lange gekämpft habe, der Arzt erzählt Luca auch von Kollegen und Krankenschwestern, die, wie er selbst, dem Vater am Ende nur noch mit staunendem Schulterzucken begegnet waren, dass einer so am Leben festhält, mit freundlich schweigender Ausdauer, das hat noch keiner hier im Spital erlebt, es war, als wolle sein Vater noch etwas vom Leben, als wolle er noch etwas abwarten, ein Ereignis vielleicht, das noch kommen würde, irgendetwas, zwischen den langen Phasen des Schlafes und der Erschöpfung. Luca Gamper dankt für alles und legt den Hörer auf, er tritt an das große Panoramafenster seines Restaurants und sieht den Berg hinauf zum Grandhotel. Die Lastkräne und Bagger sind oben angekommen und aufgebaut, heute beginnen die Abrissarbeiten. Wie ein Pendel schwingt die Trümmerbirne vor dem Bagger, trifft im ruhigen Flug zum ersten Mal die Hausmauer, die kreisrund bröckelt, wankt und einfällt und ein Loch hinterlässt, genau da, wo früher die Rezeption war.

WARME RÄUCHERFORELLE MIT WILDKRÄUTERSALAT UND FRÜHLINGSZWIEBEL-HOLLANDAISE

ZUTATEN

Für 4 Personen

1 Schalotte
1 Tl Senfsaat
1 Lorbeerblatt
1 Tl weiße Pfefferkörner
1/4 Liter Weißwein
250 g Butter
1 El Apfelessig
1 El flüssiger Honig
1 Tl Dijon-Senf
3 El Olivenöl
100 g gemischte Blattsalate
1 Bund gemischte Wildkräuter (z. B. Löwenzahn, Bachkresse, Vogelmiere, Spitzwegerich, wilder Fenchel, Borretsch, Waldkerbel, Basilikum, Dillspitzen ...)
4 El Öl
4 kalt geräucherte Forellen à ca. 400 g (küchenfertig ausgenommen, ohne Kopf)
2 Frühlingszwiebeln
2 Eigelb (M/L)
Salz
Zucker

ZUBEREITUNG

1.
Für die Hollandaise die Schalotte fein würfeln und mit Senfsaat, Lorbeerblatt, weißen Pfefferkörnern und Weißwein offen auf die Menge von 2 El einkochen. Die Weinreduktion durch ein Sieb in eine Metallschüssel passieren und abkühlen lassen.

2.
220 g Butter in einem Topf schmelzen, aufkochen und durch einen sauberen Kaffeefilter oder ein Küchentuch passieren. Die geklärte Butter beiseitestellen.

3.
Für die Vinaigrette den Apfelessig mit 1 El Wasser, Honig, Senf und Olivenöl verrühren, mit Salz und Pfeffer würzen. Die Salate und Kräuter putzen, waschen und trocken schleudern.

4.
Öl in einer Pfanne erhitzen. Die Forellen darin in zwei Portionen bei mittlerer Hitze von jeder Seite 6–8 Minuten braten, mit Salz würzen. Die übrige Butter und grob gemahlenen Pfeffer zugeben, aufschäumen lassen und noch 1 Minute mit der Pfefferbutter beschöpfen. Im vorgeheizten Backofen bei 70 Grad warm halten.

5.
Frühlingszwiebeln längs vierteln und sehr fein würfeln. Etwas Wasser in einem Topf aufkochen. Die abgekühlte Weinreduktion in der Metallschüssel mit den Eigelb und 2 El kaltem Wasser glatt rühren. Die Metallschüssel auf den Topf mit dem kochenden Wasser stellen und die Masse mit einem Schneebesen 3–4 Minuten dicklich schaumig aufschlagen.

6.
Frühlingszwiebeln zugeben und noch 1 Minute weiter schlagen. Metallschüssel vom Topf nehmen und die geklärte Butter in dünnem Strahl unterschlagen. Hollandaise mit Salz und einer Prise Zucker würzen. Salate und Kräuter mit der Vinaigrette mischen. Forellen mit Salat und Sauce servieren.

Tipp
Kalt geräucherte Forellen sind nicht alltäglich und müssen eventuell beim Fischhändler vorbestellt werden. Eine Alternative sind heiß geräucherte Forellen, die dann aber nicht gebraten werden, sondern im 80 Grad heißen Ofen in einer Form mit der Pfefferbutter in 20 Minuten erwärmt werden. Dabei immer wieder mit der Pfefferbutter beschöpfen, nicht salzen. Salat und Hollandaise schmecken natürlich auch zu frisch gebratenen oder gegrillten Forellen.

Zubereitungszeit
45 Minuten

DEM WODKA TREU DIE GANZE NACHT

Du musst dich vorbereiten, mein Freund«, mahnte Alexej, als er mich zu seinem Geburtstag einlud, und empfahl ein original russisches Wodka-Präventiv-Rezept »für lange Nacht voller Freude!«, welches ich genau befolgen sollte. Ich habe mir also drei Kartoffeln gekocht. Zwei rohe Eier in ein Glas geschlagen. Die Ölflasche bereitgestellt. Langsam kaue ich die gelben Knollen, schließe die Augen, würge den Ei-Glibber hinunter, spüle mit zwei Esslöffeln Öl nach. Derart gestärkt mache ich mich auf den Weg zur langen Nacht voller Freude. Mir ist ein bisschen schlecht.

An der Tür steht Sonja, eine hohlwangige Schönheit mit weizenblondem Haar. »Stjepan!«, ruft sie begeistert, und auch Alexej freut sich überschwänglich, zerdrückt mich beinahe, ich rülpse vor Schreck einen kleinen Eierwind. Ich brauche dringend was zu trinken. Es gibt aber nichts. Im Wohnzimmer der kleinen Einliegerwohnung ist ein Tapeziertisch aufgebaut, bedeckt mit verschieden gemusterten Plastiktischdecken. Drumherum sitzen: »Iwan, Jurij, Andrej, Pjotr, Irina, Dunja, Nadja und Olga.« Sie sitzen vor leeren Gläsern, und ich weiß nicht, was mich mehr irritiert, dass alle Anwesenden Namen tragen, die mir beim Stichwort Russland als Erstes einfielen, oder dass die Gläser leer sind. »Stjepan!«, grüßen alle, ich winke freundlich zurück und nehme Platz auf dem mir zugewiesenen Klappstuhl.

Sonja und Alexej tragen große Platten und Schüsseln herein, Salzgurken, Heringssalat, Rote Bete in rosafarbener Mayonnaise, Eier mit schwarzperligem Kaviar, Brote mit schneeweißem Schweineschmalz, Zwiebeln, gekochte Kartoffeln, eingelegte Pilze. Applaus brandet aber erst auf, als Alexej mit einer eisig beschlagenen Flasche Stolichnaya, Hauptstadtwodka, in der

Wohnzimmertür erscheint. Auf elf Gläser wird der Inhalt verteilt, Alexej begrüßt die Gäste nochmals, spricht von der Ehre, sein Haus mit den besten Menschen dieser Stadt gefüllt zu sehen, *Nastrovje,* Gläser hoch, und weg damit. 40% Alkohol weiten die Blutgefäße, eine wohlige Hitze und ein ungekannter Hunger breiten sich schlagartig in mir aus. Alle greifen ordentlich zu, aber nur kurz, Jurij macht die Runde mit der nächsten Flasche und spricht einen Toast auf die Sakuska-Tafel, jene Vorspeisenauswahl, die wir gerade einatmen: »Tschechow sagt, dass ein Mann wissen muss, mit welchen Speisen man sein Getränk in den Magen schickt.« Er lobt die Köchin, Sonja errötet, *Nastrovje,* Gläser hoch, und weg damit. Mir geht es prima.

Musik fliegt durch den Raum, *Pakava it* spielen rasenden Russen-Ska, und nur ganz kurz wird die Anlage leiser gedreht, für die dritte Wodkarunde und Pjotr, der einen Lobgesang auf die anwesenden Frauen hält, deren Schönheit alle Männer erblinden lasse! Gekicher, *Nastrovje,* Gläser hoch, und weg damit. Die gefährlichen Schönheiten räumen den Tisch ab und schaffen Platz für den Hauptgang. Gowjadina, geschmorter Rinderbraten, wird serviert, mit Buchweizengrütze, Möhren und Zwiebeln. Dazu ein Glas Wodka. Krepkaya, *der Starke,* wird diese neue Sorte genannt, schmeckt wie der vorangegangene Wodka nach nichts und schlägt mit 56% Alkohol sofort ein. Iwan spricht den Toast. Steht auf, führt das Glas zur Brust, ein theatralischer Blick ins Rund. »Rinderbraten«, sagt er und nimmt wieder Platz. *Nastrovje,* Gläser hoch, und weg damit.

Während ich dunkle, würzige Fleischstücke zum Mund führe, rechne ich mal nach. Ich habe bislang ungefähr einen halben

Liter Wodka getrunken, kann noch sprechen, mich bewegen und bin fröhlich entspannt. Ich teile diese Beobachtung Alexej mit, er ergreift meinen Arm, schaut mir ernst in die Augen und spricht: »Stjepan, wir Russen sind Kämpfer. Und wir kämpfen auch mit dem Wodka. Wir gewinnen den Kampf mit dem Wodka, weil wir schlau sind. Wir trinken nie, ohne dabei zu essen. Und wir sind dem Wodka treu, die ganze Nacht.«

Ich verstehe. Während wir Deutschen uns mit Fähnchen geschmückte Wodka-Zucker-Fruchtsaftmischungen durch Trinkhalme reinpfeifen, dazu eine Salzstange knabbern und später auf Bier umsteigen, sorgen hier klare Rituale, kräftigende Speisen und puristischer Trinkgenuss für einen erstaunlich bekömmlichen Suff.

Es folgt ein weiterer Trinkspruch, ein weiterer Wodka. Der Trinkspruch, erfahre ich, ist ein wichtiger Bestandteil des Wodkatrinkens, er dient der Legitimation: »Trinken ohne Trinkspruch ist Trinksucht.« Aha. Als ich zum ersten Mal aufstehe, knickt das Zimmer für einen kurzen, aber sehr irritierenden Moment zur Seite, ein holpriger Ausfallschritt meinerseits rückt die Dinge wieder gerade, ich wanke in die Küche. Sonja, Nadja, Irina, Dunja und Olga kochen Tee, stapeln süße Piroggen auf ein großes Silbertablett. Ich lehne mich an den Kühlschrank und sehe genau zu. Ist mir egal, ob ich erblinde. Sonja drückt mir eine neue Flasche Krepkaya in die Hand und sagt: »Jetzt du!«

Ach du liebe Güte! Mit dem Einschenken klappt es noch, dann halte ich mich an meinem Stuhl fest und sehe in zehn erwartungsvolle Augenpaare. Mir fällt nix ein.

Doch. Leider: »Auf eure warmherzige Gastfreundschaft, auf die reiche russische Küche und auf den klaren Geist des

Wodkas! Mögen die Weizenfelder der Russischen Föderation ewig wachsen.« Es muss am Wodka liegen.

»Das hat er schön gesagt!«, ruft Alexej mit schimmernden Augen, zustimmendes Kopfnicken am Tisch, *Nastrovje,* Gläser hoch, und weg damit. Olga fummelt an der Kompaktanlage, Leningrad grölen *Na Hui* über fliehenden Gitarrenläufen, Alexej und Pjotr schaffen Platz und klappen die Tapeziertische zusammen, Sonja geht mit der sechsten Flasche rum und serviert dazu Wurstbrote. Die Party kann beginnen.

GOWJADINA NACH ART DER GEFÄHRLICHEN SCHÖNHEITEN

ZUTATEN

Für 4–6 Personen

150 g Möhren
600 g Kartoffeln, festkochend
100 g Sellerie
200 g Zwiebeln
800 g Rinderhals (Zungenstück) von der Färse
120 g durchwachsener Speck in dünnen Scheiben
Salz
Pfeffer
80 g Mehl
4 El Öl
70 g Butter
750 ml Rinderbrühe
200 g Sauerrahm
60 g Schalotten
1 Knoblauchzehe
250 g Bulgur
600 ml Gemüsebrühe
1 Bund Petersilie
Einige Zweige Dill

ZUBEREITUNG

1.

Möhren und Kartoffeln schälen und in Scheiben schneiden, Sellerie schälen und fein würfeln. Die Zwiebeln in Streifen schneiden. Fleisch in fingerdicke Scheiben schneiden. Ofen auf 200 Grad vorheizen.

2.

Den Boden eines Bräters oder einer hohen Auflaufform mit den Speckscheiben auslegen. Das Fleisch mit Salz und Pfeffer würzen und in Mehl wenden. Öl und 20 g Butter in einer Pfanne erhitzen, das Fleisch darin von beiden Seiten 2 Minuten anbraten. Herausnehmen und auf die Speckscheiben setzen.

3.

Die Gemüse ins Bratfett geben und kurz glasig anschwitzen. Mit Salz und Pfeffer würzen und über das Fleisch geben. Rinderbrühe aufkochen und alles damit begießen. Die Form in den heißen Ofen schieben und 2 Stunden garen.

4.

Eine halbe Stunde vor Ablauf der Garzeit den Sauerrahm mit Salz würzen und unter das Gericht im Ofen rühren.

5.

Für den Bulgur die Schalotten und den Knoblauch fein würfeln und in 50 g Butter glasig dünsten. Bulgur zugeben und die heiße Gemüsebrühe zugießen. Mit Salz würzen und aufkochen. Vom Herd ziehen und zugedeckt 10 Minuten quellen lassen. Petersilie hacken und unter den Bulgur mengen. Dill hacken und über das fertig gegarte Schmorgericht streuen.

Zubereitungszeit

2 Stunden und 25 Minuten

SCHLARAFFEN-
LAND

Der junge Mann mit dem adretten Haarschnitt hat sich wortreich erklärt. Aber Frau Klöpke ist nicht einverstanden: »Nu reden Se man nich so'n dummes Zeug, junger Mann, die Leute brauchen wat zu futtern, wo bitte soll'n denn die Kunden künftig wat essen?«

»Wie ich schon sagte, Frau Klöpke, das *Schlaraffenland* ist wirtschaftlich komplett unrentabel und wird geschlossen. Wir sind ein Kaufhaus, Frau Klöpke, die Menschen kommen zum Einkaufen und nicht zum Mittagessen, wir haben da ganz aktuelles Zahlenwerk. Nach der Umstrukturierung wird aus der alten Kantine ein schönes Schlemmerparadies, mit Hummer- und Kaviarstand, Champagner-Bar, Sushi-Outlet und Feinkost, das wird genauso wie drüben im *KaDeWe*!« Der junge Mann schlägt schwungvoll mit beiden Händen auf die Arbeitsplatte des Sekretärs, Staub wirbelt auf und tanzt im nachmittäglichen Sonnenlicht, das durch die hohen Fenster ins Büro fällt. Die Zukunft leuchtet. Herta Klöpke starrt auf das helle Tapetenviereck über dem Kopf vom neuen Abteilungsleiter Michels, da hing früher das Bild des Staatsratsvorsitzenden Honecker, später ganz kurz noch Helmut Kohl, dann hat man den Unsinn ganz eingestellt.

Herta Klöpke überfällt eine traurige Müdigkeit: »Aber wat wird denn dann ausm Personalessen? Die Anjestellten ham Hunger mittags, dit wird janz schön teuer für Sie, so mit Hummer und Kaviar, Herr Michels!«

»Der verbilligte Mittagstisch war ein Entgegenkommen der Geschäftsleitung, ein Überbleibsel aus der alten Zeit, das rechnet sich nicht mehr, das Mittagessen ist ab jetzt privat!« Michels zeigt aus dem Fenster: »Wir sind mitten in der Stadt. Es gibt sieben Backshops, einen McDonald's, einen Asialaden und zwei Dönerläden in nächster Nähe, Frau Klöpke!«

»Nee! Det globen Se doch selber nich, die Leute wolln wat Anständjes essen!«

»Och, Frau Klöpke! Nun machen Sie mir hier doch das Leben nicht so schwer! Wir schließen das *Schlaraffenland*, fertig. Wir machen jetzt noch zwei Wochen mit halber Kraft weiter, bis die Kühlhäuser leer und alle Lieferverträge gekündigt sind, das wickeln die Frau Gelinka, der Herr Hübner und der Azubi gemeinsam ab. Sie haben hier noch, Moment, 239 Überstunden, Sie sind 64 Jahre alt, da sag ich doch mal: Herzlichen Glückwunsch, genießen Sie Ihren wohlverdienten Ruhestand!« Herr Michels streckt die Grußhand aus, Herta Klöpke ist kurz sprachlos.

»Wie, jetzt gleich?«

»Ja, Frau Klöpke, ich kuck noch mal in meine Unterlagen«, der neue Abteilungsleiter *Food & Beverage* sortiert Papier: »Das tritt nach meiner Kenntnis ... ist das sofort. Unverzüglich.« Michels hat gut lachen.

Vier Tage lange sieht Herta Klöpke nun schon zu Hause dem Blumenstrauß der Kollegen beim Welken zu. Der Abteilungsleiter hatte Sekt spendiert, und es war Herta Klöpke gelungen, erst in der Umkleidekabine zu weinen. Ein ganzes Leben.

»Jetzt fängt ja ein neues an!«, hatte Herr Michels euphorisiert gerufen, er vertrug wohl Alkohol nicht so gut, das vermuteten auch die Kollegen. »Da haben Sie jetzt ja auch mehr Zeit für Ihren Mann, Frau Klöpke!«

Herr Klöpke liegt auf dem Sofa und sieht fern. Würde sich die Fernbedienung auf seinem Bierbauch nicht beim Atmen leicht mitbewegen, Herta Klöpke müsste nachsehen, ob er noch lebt. Im Fernsehen läuft die Sendung *Vaterschaftstest – ich krieg ein Kind von dir.*

»Puh, dit glob ick nich!«, schimpft Herta Klöpke. »Wie kann ein Mensch, der den janzen Tag nur uffm Sofa liegt, solche Käsemauken haben!«, und reißt die Fenster auf. Der Rasen zwischen den Hochhäusern ist grau, die Sonne schafft es nur selten in den Hof, dafür weht ein beständiger Wind durch die Schluchten der Plattenbausiedlung. Die Gardinen blähen sich auf, zwischen weißen, bauchigen Segeln lehnt Herta Klöpke auf der Fensterbank, beugt den Oberkörper weit nach vorn, kann jetzt einen Streifen Hauptstraße sehen, eben fährt der Bus vor, der Bus, der zum Kaufhaus fährt. Direktemang. Herta Klöpke hört von ferne das Zischen der sich öffnenden Bustüren. Sie weiß plötzlich, was noch anzufangen wäre mit dem angebrochenen Nachmittag: »Ich muss noch mal weg.«

Am liebsten und schon immer nimmt sie eine der beiden gläsernen Drehtüren an den Seiten des Haupteingangs, die drehen sich so schön schwungvoll, und Herta Klöpke dreht eine Extrarunde und dann hinein in die strahlend helle Kosmetikabteilung. Sie liebt den Geruch der Parfumabteilungen, den Wettstreit der Düfte in der Luft, und sie sieht sich gerne die jungen Mädchen an, so adrett, so schön, so jung. So jung war sie auch mal, sie erinnert sich gerne. Bei Gitte am Zeitungsstand kauft sie sich die *Gala,* für nachher, Gitte freut sich sehr. »Wie schön, dass du mal vorbeischaust, Herta, wie geht's dir denn?«

Herta Klöpke macht ein ernstes Gesicht und spricht mit Grabesstimme: »Mein Name ist Klöpke, ich kaufe hier ein.« Sie lachen miteinander, und sie weiß in diesem Moment, es war eine gute Entscheidung, zurückzukommen. Mit der Rolltreppe fährt sie hinunter in die Lebensmittelabteilung, hier gibt es so viel zu sehen, gleich hinter dem Drehkreuz liegt die ganze Welt. Unter einem feinen Sprühnebel glänzen polierte Früchte im Kunstlicht, sie streichelt über Weinbergpfirsiche und behaarte Kiwis, genießt die Frische der meterlangen Gänge mit den offenen Kühlregalen. Die Musik ist schön. Hinter Glas liegen die feinsten Gerichte im Eis, Pizza mit Tomaten, Fischfilets in Backteig, Hähnchenschenkel in Kräuterbutter, Königsberger Klopse, Pasteten mit Kalbsragout, bunte Torten, alles fertig. Man muss gar nicht mehr selbst kochen, denkt Herta Klöpke, studiert konzentriert die Zubereitungsanweisungen auf Dosen und Verpackungen, vielleicht wäre so eine Mikrowelle doch eine lohnende Anschaffung. Sie schlendert durch die Gänge, warme Brotbackautomaten bräunen duftende Feierabendbrötchen, in der Heißtheke legen Bratwürste die schrumplige Pelle in müde Falten. Herta Klöpke zählt die Marmeladengläser, es sind 73 Sorten. Sie kauft sich zwei eingeschweißte Eiersandwich-Ecken und eine kleine Flasche Apfelsaftschorle. Ganz hinten in der Weinabteilung entdeckt sie Herrn Liebermann, der ihr immer schnell und unbürokratisch ausgeholfen hatte, wenn oben mal was fehlte. Sie winkt, er zieht lächelnd die Augenbrauen nach oben und winkt zurück. Sie bezahlt an der Kasse bei Elke, Elke drückt die Mitarbeiterrabatt-Taste für sie. »Verrücktes Huhn!«, sagt Herta Klöpke kopfschüttelnd und dankt.

Der Gong ertönt. »Sehr verehrte Kunden, wir freuen uns, dass Sie heute bei uns eingekauft haben und danken Ihnen im Namen aller Mitarbeiter. Unser Kaufhaus schließt in 30 Minuten, wir freuen uns darauf, Sie morgen wieder begrüßen zu dürfen. Guten Abend!« Jetzt gilt es. Herta Klöpke lässt den Proviant in ihren Manteltaschen verschwinden und geht wieder zurück in die Lebensmittelabteilung. Herr Liebermann und Elke sind nirgendwo zu sehen, leise öffnet sie die Stahltüre neben der Pfandflaschenrückgabe und steht im Treppenhaus. Sie nimmt den Lastenaufzug hinauf in den sechsten Stock, blickt aus den schmalen, drahtverstärkten Fenstern des Aufzuges hinaus auf den leeren Flur, nichts. Leise öffnet sie die schwere Türe und schlüpft hinaus, hält den Atem an. Aus der Küche fällt Licht in den dunklen Gang, sie kann Frau Gelinka und Herrn Hübner reden hören, das Geklapper der Pfannen und Töpfe in der Spülküche, das monotone Rauschen der Spülmaschine. Sie schleicht in die Umkleidekabine, öffnet den großen Wandschrank in der Toilette und zieht die Türe hinter sich zu. Auch im Dunkeln findet sie sofort den kleinen Riegel unten links, schiebt ihn zur Seite, drückt die Rückwand des Schranks auf und steht in der kleinen Geheimspeisekammer, in der sie damals die besonderen Lebensmittel für besondere Kunden und Gäste aus Partei und Politbüro gelagert hatten. Von der Speisekammer des Zentralkomitees, der *SdZ*, wie sie den Raum scherzhaft nannten, wussten im Kaufhaus nur Kaderleiter Liebermann und sie selbst, als Vorsteherin der Küchenbrigade. Herta Klöpke sortiert ihren Proviant in eines der Metallregale, faltet ihren Mantel zu einem Kissen, macht es sich gemütlich und schlägt die *Gala* auf. *George Clooney – immer Ärger mit den Frauen* steht unter einem Foto des Schauspielers. Lange betrachtet Herta Klöpke das Bild: »Also mit mir hätte der Herr Clooney keene Scherereien.«

Sie muss eingeschlafen sein. Kaum ein Geräusch ist zu hören, die Stadt unter ihr flüstert ein leises Säuseln hinauf, sonst ist Stille. Wie spät es sein mag? Durch den Wandschrank klettert sie zurück. In der Küche betätigt sie den Lichtschalter, Neonlicht taucht alles in gleißendes Weiß, schützend hält sie sich die Hand vor die Augen, blinzelt vorsichtig zwischen den Fingern hervor. Aus dem Weiß schält sich langsam die vertraute Kantinenküche, alles steht an seinem Platz, glänzende Arbeitsflächen, es ist, als wäre sie nie weg gewesen. Herta Klöpke sieht auf die große Küchenuhr, es ist Mitternacht. Sie zieht ihren Mantel aus und krempelt die Ärmel ihrer Bluse nach oben. Sie geht an die großen Waschbecken, verschließt die Abflüsse, lässt Wasser ein, es muss lauwarm sein, so löst sich der Sand besser aus den Falten der Salatblätter. Die ganze Holzstiege mit zwölf Salatköpfen putzt sie weg, Vorbereitung ist die halbe Miete, wenn erst mal die Gäste kommen, und die kommen ja immer alle gleichzeitig zur Mittagszeit. *Dann hast du keine Chance mehr,* das erklärt sie Lehrling Norbert jeden Tag. Wo der wohl bleibt?

Länger warten kann sie nicht, es ist so viel Arbeit, da muss sie die Lehrlingsaufgaben heute wohl auch noch mitmachen. Sie hackt frische Kräuter, putzt Brokkoli und Blumenkohl in feine Röschen, rollt Bohnenbündel, schlägt den Teig für die Kartoffelklöße. Blick auf die Uhr, kurz vor zwei, ein Schrecken fährt ihr in die Glieder, der große Soljanka-Borschtsch-Topf ist leer. Da müssen Herr Hübner und Frau Gelinka aber beide geschlafen haben!

Herta Klöpke schaltet den Ofen ein, sie legt die ungeschälten, rohen Rote Beten auf ein Salzbett, das sie auf einem Backblech bereitet hat. *Soljanka kommt von Salz. Und Wasser,* sagt Herta Klöpke immer, *zieht nur Geschmack,* sie ist stolz auf ihre ofengegarten Beten. Eigentlich gehört Rote Bete gar nicht in eine Soljanka, sondern eher in den russischen Borschtsch, weil aber Herta Klöpke Rote Bete liebt und Soljanka auch und in der Soljanka eigentlich und gerade zu DDR-Zeiten noch nie eine Zutat verboten war, hat sie die einfach neu erfunden, die Soljanka-Borschtsch. Alle lieben ihre Suppe. Geschnittenes Weißkraut, Pilze, Zwiebel- und Möhrenscheiben bräunt sie kurz im zischenden Fett, schmort alles in schmelzendem Zucker weiter, gibt Tomaten- und Paprikamark zu, würzt mit Knoblauch, Lorbeer, Majoran und Kümmel, gibt scharfes Paprikapulver hinein, rührt und löscht den Suppenansatz mit etwas Weißwein, gibt Gurkenwasser dazu und Herrn Hübners kräftige Rinderbrühe. Endlich kommen auch die Kollegen. »Wo bleibt ihr denn?«, ruft Herta Klöpke mit Tadel in der Stimme, dann aber lacht sie nachsichtig und vergibt die Aufgaben, die noch zu tun sind.

Frau Gelinka schneidet gleich die Einlagen für die Soljanka-Borschtsch: die Gewürzgurken aus dem Essigsud, das Kochfleisch der Rinderbrühe. Später wird sie die heißen Beten aus dem Ofen schälen, die dunkelroten Knollen dann würfeln und erst ganz zum Schluss in die Suppe geben. Norbert traut sie die Dilltunke für die Suppe zu, der Sauerrahm wird mit viel Dill, fein abgeriebener Zitronenschale und wenigen Tropfen Zitronensaft verfeinert. Gurken hobeln noch. Möhren raspeln. Für die Salattheke. Die Salatsaucen müssen frisch angerührt werden. Herr Hübner kocht das Rotkraut, rollt Rouladen, brät dicke Currywürste vor und setzt neue Rinderbrühe an, im großen Kipper blubbert Bolognesesauce. Blick auf die Uhr, halb vier, sie liegen gut in der Zeit.

»Sach ma, riechst du das auch?« Kollege Müller betrachtet gelangweilt das Programm auf den Bildschirmen der Überwachungskameras. Die Eingänge. Die Tiefgarage. Lebensmittelabteilung. Kosmetikabteilung. Schreibwaren. Bekleidung. Elektrogeräte. Spielwaren. Haushaltswaren. Liegt alles im Dunkeln. Jede Nacht. Nie bewegt sich was.

»Wat jenau meenste denn, Franz, dein Mundjeruch?«

»Nee, ernsthaft, Müller, das riecht doch hier irgendwie lecker.«

»Ick riesch nüscht.«

»Doch doch!«, Franz Polatschek öffnet die Glastür des Pförtnerhäuschens und tritt hinaus auf den Treppenhausflur. »Soljanka!«, sagt Polatschek.

Müller hält die Nase in Richtung Tür, starrt angestrengt in die Luft: »Dit is Borschtsch!«

»Im Leben nicht, das ist Soljanka!«

»Borschtsch.«

»Soljanka.«

»Wann jeht n dit eijentlich normalerweise immer los bei denen da oben inne Küche?«

»Vor acht Uhr ist da morgens nie jemand. Und die Putzfrauen sind schon weg.« Polatschek sieht auf die Uhr, halb vier.

»Vielleicht kocht sich da ja n Eindringling n'Süppchen zur Stärkung?«

»Den hätten wir doch viel früher bemerkt.«

»Stimmt.«

»Haben wir eigentlich Kameras da oben?« Müller rollt mit dem Drehstuhl nach vorn, drückt auf einen Knopf, die nachtleere Kantine erscheint in grobkörnigem Schwarz-Weiß auf einem der Bildschirme. »In der Küche selbst nicht, nur hier, im Speisesaal, kiek ma.«

»Und was ist das da?« Polatschek zeigt mit dem Finger an den linken, oberen Bildrand. Die Tür zur Küche ist leicht geöffnet, durch den Spalt fällt ein dünner Streifen Licht auf den Fußboden des Saals.

»Na, denne – jehn wa doch jetzt da ma hoch, wa?«, entscheidet Müller und greift prüfend nach seiner Waffe.

Endspurt! Frau Gelinka zieht den Rollladen der Durchreiche in die Höhe und schaltet die Lichter im Speisesaal an, Herr Hübner und Norbert trinken noch einen Kaffee vor dem Mittagsgeschäft.

Herta Klöpke schneidet mit einem langen Messer die Fäden von den dampfenden Rouladen. Die Türen des Speisesaals gehen auf, frühe Gäste heute, noch nicht mal halb zwölf, denkt Herta Klöpke und kneift die Augen zusammen, ah, es sind Herr Müller und Herr Polatschek von der Nachtwache, komisch, die kommen sonst immer erst zum Abend auf eine kalte Frikadelle mit Kartoffelsalat oder ein schönes Resteessen. »Tachjen, die Herrschaften, heute ma der janz frühe Vogel, wa?« Herta Klöpke winkt durch die geöffnete Anrichte, schwenkt das Fleischmesser zum Gruß in der Luft: »Ick hab frische Soljanka-Borschtsch da, eben fertich jeworn!«

»Lassen Se die Waffe fallen!«, brüllt Müller und zieht seine Pistole. Komisch. Alles ist so verschwommen. Josef Müller zielt auf den Täter, ein unbestimmter Fleck im fernen Rahmen der Durchreiche, der Mann schwenkt irgendwas. Ich hab tatsächlich die Kontaktlinsen vergessen, denkt er und brüllt noch mal: »Waffe fallen lassen, Mann!« Polatschek muss irgendwo hinter ihm sein: »Polatschek, funk die Wache an!«

Polatschek steht mit dem Rücken an der Wand links vom Kantineneingang, er drückt den Alarmknopf auf dem Walkie-Talkie und ist sofort mit dem Polizeirevier verbunden: »Polatschek hier, vom Kaufhaus, wir brauchen Verstärkung, haben im sechsten Stock, in der Kantine, einen Eindringling gestellt, Moment …«

Franz Polatschek dreht den Kopf zum Saal, linst durch den Spalt zwischen Tür und Wand, spricht weiter ins Funkgerät: »Täter ist bewaffnet, höchstwahrscheinlich alleine, Alter um die sechzig, weiblich und Moment mal.« Polatschek lässt das Walkie-Talkie sinken: »Frau Klöpke?«

»Herr Polatschek, nu kommse mal näher, ick beiße ja nich, und bringse aber vorher mal den Kollegen zur Räson, der is ja außer Rand und Band, der Jute. Ick wette mal, ihr braucht ne Suppe, dann läuft det allet gleich wieder besser!« Herta Klöpke sieht sich lachend nach ihren Kollegen um. Da ist niemand. Sie steht alleine in der Küche, im Zwielicht eines neuen Tages.

»Und es fehlt nichts?« Polatschek und Müller schütteln synchron die Köpfe, Michels bläst die Backen auf und pustet über den dampfenden Suppenteller auf seinem Schreibtisch. Herta Klöpke sagt gar nichts, sie ist ein bisschen beleidigt, so vorgeführt zu werden, wie ein Sträfling vor den Richter.

»Jetzt noch mal zum Mitschreiben, Herrschaften. Unsere liebe Frau Klöpke hat sich also in einer, uns bis dato unbekannten, geheimen Vorratskammer des Zentralkomitees versteckt?«

Polatschek und Müller nicken.

»Aus Langeweile?«

»So sieht's aus, Chef. Und später ist sie dann in die Küche.«

»Und was hat Frau Klöpke da die ganze Nacht gemacht, in der Küche?«, fragt Michels, als sei Herta Klöpke gar nicht im Raum.

Herr Hübner räuspert sich: »Eigentlich alles. Ihre berühmte Suppe, die Salattheke, Spaghetti Bolognese, alle Gemüse und Sättigungsbeilagen zubereitet, Kartoffelklöße, Kohlgemüse, Bohnenwickel, Currywürste. Sie hat neue Brühe angesetzt und als Tagesgericht Rinderrouladen gemacht. Fehlt eigentlich nur noch der Ausdruck der aktuellen Speisekarte.«

Jetzt platzt Herta Klöpke aber wirklich der Kragen: »Hätt ick ja gerne och noch jemacht für de feinen Herrschaften, aber ick konnt nich an den Drucker, weil irgend sone Flitzpiepe det Küchenbüro abjeschlossen hat!«

Abteilungsleiter Michels schüttelt den Kopf. Diese geheime Stasi-Besenkammer, die schaut er sich nachher mal an, vielleicht passt da ja die Sushi-Bar rein. Er nimmt einen Löffel Suppe, tunkt das Brot in die kühle Dillsauce, schlürft und kaut, er schließt die Augen: »Stimmt aber. Wirklich köstlich, diese Soljanka!«

»Borschtsch!«, sagt Müller.

HERTA KLÖPKES »SOLJANKA-BORSCHTSCH«

ZUTATEN

Für 6–8 Personen

1 Bund Suppengrün
1 Gemüsezwiebel
3 Knoblauchzehen
1,5 kg Rinder-Suppenfleisch mit Knochen, zum Beispiel Querrippe
4 Lorbeerblätter
10 g getrocknete Steinpilze
3 Liter Rinderbrühe
400 g grobes Meersalz
4–6 kleinere Rote-Bete-Knollen (ca. 600 g)
6 El Öl
650 g Weißkohl
300 g Möhren
200 g braune Champignons
300 g Zwiebeln
2 El brauner Zucker
1 El Tomatenmark
2 El Paprikamark
Je 1 Tl Majoran, Kümmelsaat und Paprikapulver rosenscharf
50 ml Weißwein
150 ml Gewürzgurkenwasser
3 Gewürzgurken
4 Zweige Dill
250 g Sauerrahm

ZUBEREITUNG

1.

Das Suppengrün stückeln, die Gemüsezwiebel halbieren, 2 Knoblauchzehen andrücken und alles mit dem Suppenfleisch, 2 Lorbeerblättern, Steinpilzen und Rinderbrühe in einem Topf aufkochen. Schaum abschöpfen und die Brühe offen 1,5 Stunden leise köcheln.

2.

Meersalz auf ein Blech mit Backpapier geben. Rote Bete waschen, mit 2 El Öl einreiben und auf das Meersalz setzen. Im heißen Ofen bei 180 Grad 1,5 Stunden garen. Kohl in Streifen schneiden. Möhren schälen und in Scheiben schneiden, Pilze halbieren, Zwiebeln in Streifen schneiden.

3.

4 El Öl in einem großen Topf erhitzen. Die Gemüse darin andünsten. Zucker, Tomaten- und Paprikamark unterrühren. Mit 2 Lorbeerblättern, 1 durchgepressten Knoblauchzehe, Majoran, Kümmel und Paprikapulver würzen. Mit Wein und Gurkenwasser ablöschen. Die Rinderbrühe durch ein Sieb direkt zum Eintopf gießen. Das Suppenfleisch in Würfel schneiden und zugeben. Zugedeckt 30 Minuten kochen.

4.

Rote Bete kalt abschrecken, schälen und würfeln. Die Gewürzgurken in Scheiben schneiden. Alles zur Suppe geben und nochmals 20 Minuten kochen. Mit Salz und Pfeffer würzen. Dill hacken, mit Sauerrahm verrühren, mit Salz würzen und zur Suppe servieren.

Zubereitungszeit

3 Stunden

TRI TRA TRUFFOLA

797 Kilometer, und dann verkaufen sie hier Weißbier aus der Heimat!« Die beiden Freunde lachen und prosten sich zu, versuchen Balance zu halten auf den klapprigen Plastikstühlen, die sie schräg zur abschüssigen Parkbucht aufgestellt haben, der Blick vom Rand der staubigen Bergstraße hinaus aufs ferne Meer entschädigt für die Schieflage. Der Klapptisch vor dem alten VW-Bus ist mit einem blauen Bettlaken bezogen. »Reisen muss ja nicht die kulinarische Komplettverwahrlosung bedeuten!«, erklärt Paul und serviert das Abendessen: Echter Büffelmozzarella schwappt in salziger Lake, ein Glas mit runzelig kleinen, schwarzen Oliven steht auf dem Tisch, dazu Olivenöl, das sie eben im letzten Dorf erstanden haben, grün funkelnd, in einer ehemaligen Wasserflasche aus Plastik. Ungesalzenes Weißbrot liegt auf dem Tisch, Flo schneidet die Fenchelsalami mit den großen, weißen Fettstücken in dünne Scheiben, Tomaten glänzen im Abendrot, der Ziegenkäse duftet, und das Bier ist kalt, echt bayerisches Hefeweizen, gekauft an einer italienischen Tankstelle, gegen den Durst, gleich wird es Wein geben, den Wein, der hier wächst. Sie essen schweigend, das Leben ist schön, und jetzt und hier gilt es das zu genießen, ein letztes Mal unterwegs zu sein, bevor das andere Leben beginnt, das in Deutschland auf sie wartet, mit Karriereleitern, neuen Städten und Hochzeitsglocken. *Was, jetzt schon?*, haben die Freunde mit Staunen und Schrecken festgestellt und dann ganz schnell noch einmal den alten Bus aufgetankt.

Es gibt kein Ziel auf dieser Reise und kein Navigationsgerät, Campingplätze sind verboten und Pläne allerhöchstens ein paar Stunden alt. Schon am zweiten Tag ist der Bus das Zuhause und jede Parkbucht ein Restaurant, in dem der Reisetag die Menükarte schreibt. Heute gibt es Steak zum Hauptgang. Auf dem Gasbrenner erhitzt Paul die alte Campingpfanne, gießt Olivenöl hinein, würzt das Fleisch mit Meersalz und schwarzem Pfeffer, es zischt. 183 Kilometer Umweg sind sie heute gefahren für dieses Fleisch, für ein großes Steak vom berühmtesten Metzger Italiens, ein Steak von Dario Cecchini aus Panzano. In Panzano wusste nämlich niemand was von einem berühmten Metzger aus Panzano, und dann haben die Freunde erst mal in die Handys und ins Internet geschaut und festgestellt, dass es in Italien sehr viele Orte mit dem Namen Panzano gibt, und dann sind sie die 183 Kilometer von Panzano in der Emilia-Romagna in das toskanische Panzano gefahren und waren fünf Minuten vor Ladenschluss da. Wie Marzipan lässt sich das würzige Fleisch schneiden, in fingerdicke Scheiben. »Wusstest du, dass es hier Trüffel gibt?«, fragt Paul, kauend über die alte Straßenkarte gebeugt, er fährt mit dem Finger ein paar Autostunden weiter in den Süden und umkreist eine große, grüne Fläche, auf der sich wenige, winzig geschriebene Ortsnamen verlieren.

»Ist nicht jetzt auch Trüffelsaison?«

»Jep! Zumindest schwarze Sommertrüffel könnten wir jetzt bekommen.«

»Mit Pasta?«

»Und auf Rührei!«

»Richtig.«

Paul klappt die Karte zusammen und schafft Platz für die Wassermelone, die Freunde nicken sich zu.

Die Straßen haben aufgehört, immer enger werden die Kurven der endlos sich windenden Schotterwege vor ihnen, die Arme schmerzen beim Lenken des Busses, Sitzfedern ächzen, der Motor röhrt beschwerlich in der Mittagshitze. Hinter jeder Kurve neue Kurven, immer steiler wird das Geröllband zwischen trockenen Büschen und gebleichtem Sommergras, unter Olivenbäumen dösen schwarzfellige Ziegen. Kein Haus, keine Menschen zu sehen, seit einer Stunde schon, nur Grillengezirp. Dann endlich kommen sie an ein zerschossenes Ortsschild, der Lack ist um die Einschusslöcher herum gesplittert, von dort aus hat der Rost den Namen des Dorfes aufgefressen. Die Türen und Fensterläden der Häuser rund um die Piazza sind geschlossen, ein Geisterdorf, nur vor der Kirche sitzt ein alter Mann im Schatten einer Platane, die Hände auf den Gehstock vor ihm gestützt, kurz sieht er auf, dann verliert sich sein Blick wieder im gelben Sand zu seinen Füßen. Der Bus kommt zum Stehen, Staub legt sich tonlos in die neuerliche Stille, Autotüren schlagen. Die Freunde versuchen ihr Glück, Flo kann recht gut Italienisch und spricht den Alten an: »Entschuldigen Sie, Signore, entschuldigen Sie die Störung, eine Frage! Wir suchen *Truffalo*! Können Sie uns vielleicht sagen, wo wir *Truffalo* kaufen können?«

Der alte Mann ist immer noch im Sand versunken, die Freunde sehen sich fragend an. Doch, doch, da war kurz ein Geräusch zu hören, eine Art Räuspern, die Andeutung einer Antwort vielleicht? Flo hakt nach: »*Truffalo,* Signore?« Unendlich langsam hebt sich der Kopf des Mannes, das faltenreiche Gesicht des Alten verrät ein langes Leben mit vielen Sonnenstunden, ein- bis zweihundert Jahre mögen es mindestens gewesen sein. Wieder dieses kurze Geräusch, aus dem sich rasselnd ein Satz entwickelt: »Dieses Wort habe ich noch nie gehört.«

»Aber Signore! *Truffalo!*«

»Kenn ich nicht.«

»Ich bitte Sie! Die Spezialität der Gegend!«

Der Kopf des Alten senkt sich wieder, dreht sich nach links und dann nach rechts: »Hab ich noch nie gehört.« Müde zeigt der Alte auf den Weg, den sie gekommen sind: »Probiert's doch mal an der Küste!«

Die Kirche verschwindet im Rückspiegel unter Staubwolken, energisch haut Paul den zweiten Gang rein, weiter geht es, weiter die Berge hinauf. »Der wusste doch was, der Alte!«

»Auf jeden Fall! Wenn du mich fragst, wir sind hier genau richtig!« Flo macht eine ausladende Armbewegung: »Alles Truffalo-Land!«

»Mal ne andere Frage. Dieses Eis, das wir früher so gerne gegessen haben, im *Giardino* in der Fußgängerzone, diese braune Riesenkugel, wie hieß die eigentlich?«

Flo blickt nachdenklich durch die staubige Windschutzscheibe: »Äh, wart mal, ja, irgendwas mit Trüffel, ne? Tru... Tra..., ich hab's, Tartufo, Tartufo-Eis, so hieß das!«

»Das würde ja dann bedeuten, dass Trüffel auf Italienisch ...«

Flo tippt energisch auf dem Bildschirm seines Smartphones herum, ruft das italienische Wörterbuch auf, lässt das Handy wieder sinken. »Oh, verdammt.«

Dieser Blick hinter der nächsten Kurve: Die erdfarbenen Häuser scheinen sich am Felsen festzukrallen, drängeln sich auf den steil abfallenden Steinwänden, drei enge Gassen durchschneiden das Mauerwerk und münden in einen Dorfplatz mit Kirche. Sogar ein Café gibt es, vor dem der Bus der Freunde jetzt zum Stehen kommt. In luftiger Höhe zieht sich ein riesiges Transparent über den gesamten Platz, das für die *Sagra del Tartufo* wirbt, die hier in zwei Wochen stattfinden soll, ein Fest zu Ehren des Trüffels. Unter dem Transparent und vor der Kirche sitzt ein alter Mann im Schatten einer Platane, die Hände auf den Gehstock vor ihm gestützt. Die Freunde steigen aus und hinein ins Déjà-vu, gehen hinüber zur Kirche, hoffnungsvoll, textsicher diesmal.

Der Alte legt die Stirn in hundert Falten: »Eh?!«

»*Tartufo!* Können Sie uns sagen, wo wir hier *Tartufo* kaufen können?«

Laut und deutlich betont Flo noch mal jedes Wort. Lange blickt der alte Mann die Fremden schweigend an, schüttelt traurig den Kopf, sie müssen eine einzige Enttäuschung für ihn sein: »So geht das nicht«, seufzt er leise, dann wird er lauter: »So geht das nicht! Das macht man doch nicht, hier einfach so reingefahren kommen und Trüffel fordern, das kann doch nicht wahr sein!«, deutlich energischer schüttelt der Alte jetzt noch mal den Kopf: »So geht das nicht! Den Trüffel muss man sich *verdienen.*« Er lässt den Stock wieder sinken, mit dem er den letzten Satz noch unterstrichen hatte, der Blick fällt ab von den Fremden und wandert zurück in den Sand, die Arme vor der Brust verschränkt, beendet der alte Mann die Audienz.

Schweinsteiger, Ballack und Klose stehen vor einem Mannschaftsbus mit italienischem Autokennzeichen und lächeln gequält in die Kamera. Neben den Fußballgöttern auf den gerahmten Fotografien steht grinsend der gleiche kleine Junge, der ihnen jetzt die Cola serviert.

»Ah, ein großer Fußballfan!«, sagt Flo. Wortlos schiebt der Junge die Colaflaschen über den Tresen und hält die Hand auf.

»Komm, wir setzen uns raus«, sagt Paul.

»Und jetzt?«

»Jetzt warten wir. Ich hab das mal irgendwo gelesen, Trüffel kaufen ist wie Drogen kaufen, einfach ein bisschen an der richtigen Ecke rumstehen, und irgendwann quatscht dich jemand an.«

»Hier ist aber niemand.«

»Abwarten«, sagt Paul und zeigt zur Kirche hinüber. Dort sind sie jetzt zu dritt auf der Parkbank, drei alte Männer, sie unterhalten sich leise, missgünstige Blicke queren die Piazza, die Trüffeltouristen lächeln freundlich zurück und warten. Eiswürfel zergehen auf matten Zitronenscheiben, Schweißperlen wandern. Aus der Ferne ist ein Hupen zu hören und ein Knattern, das schnell näher kommt, lauter wird, sehr laut, und schon schießt der rote Fiat 500 staubumwölkt auf den Platz, dreht dauerhupend eine Ehrenrunde, Vollbremsung vor dem Café, laut knallend salutiert das Auspuffrohr, dann ist wieder Ruhe. Der Mann, der umständlich dem Fiat entsteigt, trägt eine Uniform, akkurat gebügelte, dunkelblaue Shorts, die gerade eben so die Knie bedecken, weiße Socken in blank gewienerten schwarzen Schuhen unterstreichen die bronzefarbene Bräune der üppig behaarten Beine, das weiße Oberhemd strahlt in der Mittagssonne. Ein blaues Schiebermützchen mit goldenem Posthorn krönt die frisch gegeelten Löckchen, darunter blitzen die riesigen Gläser einer verspiegelten Fliegerbrille im Sonnenlicht. »Schnittig!«, flüstert Paul. Der Postbote entnimmt dem Handschuhfach ein paar Briefe und verschwindet damit im Café.

»Pass mal auf. Wenn einer hier jeden kennt, dann ist das ja wohl der Briefträger. Der weiß doch bestimmt, wo die Sau den Trüffel ausgräbt!« Flo zwinkert verschwörerisch, »Ich mach das mal!« Erst als er wieder im Auto sitzt, bemerkt der Postbote den Fremden, der freundlich lächelnd zum geöffneten Beifahrerfenster hereinschaut. »Tutti bene?«, fragt der Postbote irritiert, Flo antwortet ehrlich: »No!«

»No?«

»No!«

Im Hintergrund recken sich die faltigen Hälse alter Männer. Mit einer einzigen, gleichzeitigen Geste der Verwunderung und des Mitleids über das unbestimmte Schicksal des Fremden, bei dem heute leider, leider nicht *tutti bene* läuft, will sich der Postbote eben verabschieden und greift zum Zündschlüssel, da geht Flo am Beifahrerfenster ins Detail: »*Tartufo!* Wir wollen *Tartufo* kaufen.«

Jetzt ist es raus. Schweigend, konzentriert betrachtet der Mann im Fiat das Armaturenbrett, als gäbe es dort ein Fußballendspiel der *Supercoppa italiana* zu sehen, die Begegnung scheint spannend zu sein. Zeit vergeht. Die Sonne wandert. Sie sind zu einem Denkmal erstarrt, der Postbote und der Trüffeltourist, sie stehen da für alle Zeit, hineingestellt in die Stille der Piazza.

Aus einer Seitengasse heraus betritt ein kräftig gebauter Signore die Piazza, schlendert ruhigen Schrittes, wie zufällig zum Standbild, beugt sich hinab zu Flo, der immer noch im Fenster des Fiats feststeckt.

»Scusi, Signore ...«, ganz nahe kommt der Mann mit seinem vom Wein geröteten Gesicht an Flos Ohrmuschel, »Ich hab gehört, ihr wollt Trüffel kaufen?« Der Postbote startet den Motor und winkt zum Abschied lässig.

Der Trüffeldealer trägt ein schweißrandgesäumtes Unterhemd, er kratzt sich die imposante Wampe über dem Saum seiner fleckigen Jogginghose und fixiert den Fremden, der sich wortreich erklärt hat. Schweigen. Nicht schon wieder, denkt Flo. Nach Minuten erst findet der Trüffelverkäufer seine Sprache wieder: »Wie viel hast du?«

Im Geist geht Flo die Kammern seines Portemonnaies durch, schätzt: »Hundert, ich habe hundert Euro und will Trüffel kaufen.«

»Wie viel willst du?«

»Äh. Pff, vielleicht, äh, sagen wir mal 250 Gramm?«, rät Flo, »so zum Freunde-Freunde-Preis?« Der Dealer brummt kurz. »Ist das okay?«, hakt Flo nach. War das ein Nicken? Der Trüffelmann dreht sich um und geht.

»Ähm, hallo, äh, haben wir einen Deal? Was ist denn jetzt?«

»Ihr wartet hier. Trinkt einen Kaffee. Ich bin in zehn Minuten wieder da.«

Paul ist aufgestanden und kommt dazu: »Ist ja großartig! Flo, frag doch mal, ob wir mitkommen können, ich würde das ja gerne mal sehen, so ein Trüffellager und die Trüffelschweine vor allem!« Flo fragt, ob sie mitkommen könnten, Trüffelschweine gucken und so. Der Mann sieht die Freunde mitleidig an, dreht sich mit einem nachlässigen Schulterzucken um und geht wortlos über die Piazza, verschwindet zwischen den Häusern. Der Cafébesitzer serviert den bestellten Espresso, zeigt mit dem Kinn in Richtung der Gasse, in die der Trüffelverkäufer verschwunden ist: «Wie viel knöpft er euch ab?« Die Antwort sorgt für Heiterkeit beim Wirt. »Gebt ihm die Hälfte. 50. Höchstens. Das passt schon.« Kopfschüttelnd verschwindet er im Café. Schwer und schwarz glänzend liegt der Kaffeesatz auf den Böden der Espressotassen, da ist auch schon ein vertrautes Knattern zu hören, ein Fiat 500 kreuzt die Piazza, ein schwarzes Modell diesmal. Der Trüffelmann bremst vor dem Café, hupt zweimal, kurbelt das Fenster herunter und winkt seine Kunden herbei. Er grinst. Er hält eine zugeknotete, schwarze Plastiktüte aus dem Fenster. »Dürfen wir mal probieren?« Die Plastiktüte verschwindet wieder im Wageninneren. Flo und Paul legen zusammen, reichen die Scheine in den Fiat und bekommen die Plastiktüte herausgereicht. Grußlos drückt der Trüffelmann aufs Gas, mit heulendem Motor schießt der Fiat davon, umrundet den Platz und bremst scharf vor der Kirche. Der Trüffelverkäufer steigt aus und erzählt den alten Männern auf der Bank wortreich und mit ausladenden Armbewegungen eine kurze Geschichte. Flo und Paul öffnen behutsam die Tüte. Alle sehen jetzt rüber zu den Fremden, die ihre Nasen synchron in die Tüte tauchen. Vor der Kirche hebt ein Riesengelächter an, der Bauch des Trüffelverkäufers bebt vor Vergnügen, die Alten wischen sich keuchend Lachtränen aus den Augen. Es duftet herrlich aus der Plastiktüte.

»Unglaublich oder, zwölf ganze Trüffel. Für 100 Euro?«, Flo öffnet die zweite Flasche Rotwein, schiebt die Teller beiseite. Zwei ganze Trüffel haben die beiden auf der verbeulten Gemüsereibe direkt in die geschmolzene Büffelbutter gerieben und über die heißen Nudeln gegossen, Salz noch, sonst nichts. Das Glück ist ein Teller mit Trüffelpasta. »Und morgen früh machen wir uns Rührei mit Trüffel!«, sagt Paul und nimmt einen großen Schluck Wein.

»Als ich damals mein Erasmus-Jahr in Siena hatte«, erinnert sich Flo, »gab's da direkt an der Piazza del Campo ein kleines Café, die hatten da den besten Espresso, den ich in meinem ganzen Leben getrunken habe, da hast du einen Löffel reingesteckt, und der ist gaaanz langsam umgefallen. Hammer!«

Paul sieht hinaus aufs Meer: »Siena? Das sind von hier aus so ungefähr 500 Kilometer, oder?«

»Mmh, ja.«

»Kann man schon mal machen für einen guten Espresso, finde ich.«

RÜHREI MIT SOMMERTRÜFFEL

ZUTATEN

Für 2 Personen

6 frische Eier (M/L)
10 g Sommertrüffel, ganz
Salz
30 g Butter
Einige Halme Schnittlauch

ZUBEREITUNG

1.
Eier verquirlen, so dass Eigelb und Eiweiß noch in Schlieren erkennbar sind. Den Trüffel fein hobeln, die Hälfte der Hobel unter das Ei heben und mit Salz würzen.

2.
Butter in einer Pfanne schmelzen, die Trüffel-Ei-Masse hineingeben, kurz stocken lassen, zusammenschieben und wieder stocken lassen. Auf diese Weise das Ei in 1–2 Minuten garen, es darf an der Oberfläche noch schön feucht sein.

3.
Schnittlauch schräg in Röllchen schneiden und zusammen mit den übrigen Trüffelhobeln über das Ei streuen. Sofort servieren.

Zubereitungszeit
10 Minuten

MIT HERRN WILHELM DURCH DIE NACHT

Ängstlich drückt sich Herr Wilhelm gegen den blank gewienerten Schanktresen, um ihn herum fliegen die Fäuste, Saalschlacht in der Fußballkneipe, erhitzte Gesichter, Stühle brechen auf breiten Rücken, Kiefer knirschen, da blutet einer. Herr Wilhelm will gerade versuchen, sich unsichtbar zu machen, da geht die Kneipentür auf, im Türrahmen steht ein Zwerg im Jeansanzug. »Hallo!«, brüllt der Zwerg. Und noch mal: »Hallooo!« und »Mal hergehört, die Herren!«, und plötzlich hört die schlagende Meute auf, friert ein, die Faustkämpfer pausieren, alle starren den Zwerg an. »Das kann man doch …«, der Zwerg hält inne, rülpst beeindruckend, sammelt sichtbar seine Gedanken, »… auch mit Worten regeln!« Um die Wichtigkeit seiner Ansage noch zu unterstreichen, schleudert der Zwerg den linken Arm mit ausgestrecktem Zeigefinger kreisend in die Luft, kippt nach vorn, wird vom eigenen Schwung durch den Raum getragen, an dessen Ende er in die hölzerne Tresenverkleidung kracht. Er rutscht zu Boden und erbricht unangemeldet auf Herrn Wilhelms Schuhe. Gelächter erfüllt den Raum, die Keilerei nimmt wieder Fahrt auf. Herr Wilhelm blickt hinab zum Zwerg und auf seine schönen Schuhe. Schöne Bescherung.

Aus dem Nichts taucht in diesem Moment ein Hüne neben Herrn Wilhelm auf, ein kahl rasierter Riese in einem weißen Muskelshirt. Herrn Wilhelms rechte Schulterkugel verschwindet unter der Pranke des Riesen, der Riese mustert ihn fragend: »Der Zwerg hat grad auf Ihre Schuhe gekotzt, Herr Willem, soll ich den für Sie ausschalten?« Der Herrn Wilhelm völlig unbekannte Riese bewirbt sein Angebot, indem er den Zwerg am Hosenbund packt und ihn hochhebt, der Zwerg baumelt jetzt in der Luft direkt vor ihm, Herr Wilhelm ist verwirrt: »Ich glaube, es heißt, wenn man ganz korrekt sein will, Liliputaner. Oder, äh ... Kleinwüchsiger.«

»Zwerg ist völlig in Ordnung!«, ruft der Zwerg, macht ein versöhnliches Gesicht und hebt beschwichtigend die Hände in die Höhe. Der Riese lässt den Zwerg fallen. Ganz nah schiebt er jetzt seinen breiten Schädel vor Herrn Wilhelms Gesicht, lange sieht er ihm tief in die Augen, zu seiner Überraschung meint dieser so etwas wie fürsorgliches Mitleid in den zusammengekniffenen Augen des Riesen zu entdecken, und das ist der Moment, in dem Herr Wilhelm sich fragt, ob er das alles hier eventuell nur träumt. Vielleicht ist er eingeschlafen. Irgendwo, auf dem Weg durch die Nacht. Saß er nicht eben noch mit Brockmüller im Knutzenstüberl? Und wo ist überhaupt Brockmüller?

»Wosn einglich Brockmüller?«, fragt er den Riesen an seiner Seite.

»Herr Willem, ich glaub, Sie müssen mal was essen.«

So ging das ja los. Zuerst ist er mit Brockmüller in die Muga Bar, das weiß er ganz genau. Nein, halt, da haben sie sich getroffen, in der Muga Bar, der Brockmüller und er.

»Willi, alte Hütte«, rief Brockmüller, erhob sich aus dem ledernen Fauteuil und winkte: »Schön, dass das endlich mal geklappt hat mit uns! Und, Leben läuft? Ja, der Herr hier nimmt auch einen Negroni, kennste, Willi, oder? Ist mit Campari, Wermut und Gin, Klassiker, wie wir zwei, Willi, was, ha-ha! Setz dich doch! Erzähl, was machen die Kinder?«

Brockmüller und er kennen sich seit, Moment, über drei Jahrzehnte lang, haben zusammen gelernt, und dann ist Herr Wilhelm Koch geblieben und hat ein eigenes Restaurant aufgemacht, und Brockmüller ist Berufsschullehrer geworden. Brockmüller nennt die Auszubildenden immer *Kinder.* »Ja, die Kinder!«

Herr Wilhelm resümierte: »Nix als Ärger.«

Brockmüller lachte dröhnend, zog den Strohhalm aus dem Drink, nahm einen kräftigen Schluck, hustete, lachte, hustete: »Ich weiß genau, was du meinst! Ich sach ja immer: meine sexsüchtigen Legastheniker. Und immer am Handy, die Kinder! Ich kassier die jetzt vor jeder Schulstunde einfach ein. *Ausmachen, die Dinger,* sag ich, und dann – Abgabe!«

Herr Wilhelm betrachtete die Schale mit den gemischten Nüssen auf dem Tisch. Beinahe zwei Jahre haben sie sich nicht gesehen, weil er, Wilhelm, nicht einfach so raus kann aus der Küche, wenn man nicht alles selbst macht, fährt das Ding an die Wand. Und sein Ruhetag ist ihm heilig, da schläft er. Heute war sein Ruhetag, und er merkte, wie ihm die Müdigkeit an den Beinen zog, aber Brockmüller hatte sich diesmal einfach nicht mehr vertrösten lassen. *Da kommst du mal raus,* hatte Brockmüller gesagt, und jetzt saßen sie hier und redeten. Über die *Kinder.* Am Stammtisch der kinderlos gebliebenen Ausbilder, ein Witz ist das, Herr Wilhelm lachte leise auf bei dem Gedanken.

»Noch mal zwei Negroni. Lecker, oder?«, rief Brockmüller in den Raum, zog die Nussschale aus Herrn Wilhelms Gesichtsfeld und griff zu: »Einige machen ja richtig Ärger! Die Abiturienten, die lassen sich das Handy nicht so leicht abnehmen! Die wollen das dann mit dir ausdiskutieren. Und schwupps ist die Schulstunde rum! Könnt' ich kotzen.«

»Seit wann hast du denn Abiturienten in der Klasse?« Herr Wilhelm staunte.

»Ja-ha! Haste nicht gewusst, was? Kochen ist jetzt Trend, das ist schick jetzt, ein Traumberuf!« Brockmüller prustete spöttisch.

»Der Hübner, der Sternekoch da drüben in Lothmar, der nimmt überhaupt nur noch Abiturienten. Glücklich ist der aber auch nicht mit denen, die wollen nämlich alle gar nicht mehr nur kochen lernen, hat der Hübner mir erzählt, die wollen alle gleich Tim Mälzer werden.«

»Ich hab nur Hauptschüler. Die wollen auch alle Tim Mälzer werden.« Herr Wilhelm wanderte in Gedanken den Personaltisch ab. »Zum Teil sind die richtig gut, ich hab einen, den René, der hat Talent. Der ist kreativ, der Junge, ist unglaublich gut beim Abschmecken. Dem zeigst du eine Sache einmal, und dann macht der die bis in alle Ewigkeit genau so. Ist aber leider dauernd zu spät, mal eine Stunde, mal drei. Der kommt, wie es ihm passt. Geht leider gar nicht. Ich kann den Jungen ja nicht zur Arbeit zwingen, der ist zwei Meter groß. Ich hab den jetzt sechs Mal abgemahnt. Im Guten. Glaubst du, das juckt den? Was soll ich denn machen?« Herr Wilhelm knabberte an seinem Daumennagel, betrachtete den Fußboden. »Ich schmeiß den raus. Fertig. Geht ja nicht anders.«

»Wir nehmen jetzt mal zwei Gin Tonic mit Gurke, was meinst du, Willi, oder?« Brockmüller hob den Arm und machte der Barfrau schöne Augen.

Herr Wilhelm sitzt jetzt in einem Taxi und weiß nicht, wie er da hineingekommen ist. Neben ihm sitzt der Riese auf der Rückbank, ab und zu sieht er zu ihm herüber, schüttelt den breiten Schädel und sagt Sachen wie: »Mann, mann, mann, echt krass.« Draußen ziehen die bunten Lichter der Reeperbahn vorbei, dünnen aus, werden weniger, der Asphalt rauscht durch ein Stadtviertel, das Herr Wilhelm genauso wenig kennt wie die Musik, die im Radio läuft, der Riese glotzt ihn an, irgendwie auch vorwurfsvoll, findet Herr Wilhelm und schließt die Augen. Asphaltrauschen. Pflastersteingeholper. Asphaltrauschen, Hamburg endlos, Traumbilder tauchen auf, das Restaurant, er geht in die Küche, da brennt noch Licht, da steht doch … er reißt die Augen wieder auf, starrt den Riesen auf der Rückbank des Taxis an: »René?«

»Geht's also wieder, Herr Willem? Welcome back«, René lacht.

Im Knutzenstüberl bestellte Brockmüller Bier, Herr Wilhelm war dankbar. Die Bedienung stemmte zwei große, graue Maßkrüge auf den Tisch, sie trug kurze Lederhosen mit Trägern und Hirschhornknöpfen und ein weißes, eng anliegendes T-Shirt, dauernd musste Herr Wilhelm auf das T-Shirt des jungen Mädchens starren, über ihre Brüste zog sich der Schriftzug *Du willst mit mir schlafen – ich aber nicht.* Das ist doch falsches Deutsch, dachte Herr Wilhelm, es müsste doch heißen *Du willst mit mir schlafen – ich aber nicht mit dir,* dachte er und dass das dann aber wiederum nicht mehr auf das T-Shirt passen würde, man müsst einmal um die Dame herumgehen, um Satz und Situation in Gänze zu erfassen, oder alles untereinanderschreiben, dachte Herr Wilhelm, der jetzt sehr gerne schlafen gegangen wäre, auch sehr gerne alleine. Brockmüller gähnte, Hoffnung keimte auf, war ja jetzt auch genug gewesen, irgendwie war alles erzählt, jetzt schon, nach drei Negroni, zweimal Gin Tonic mit Gurke und einem halben Bier. »So ist unser Leben eben«, seufzte Brockmüller, als wäre er Gedankenleser, dann fiel sein Gesicht zusammen, die nächsten Sätze kamen wie aus weiter Ferne: »Weißt du, Willi, bei mir kommen viele der Kinder auch immer zu spät, und ganz oft kommen die auch gar nicht. Aber es sind nie, niemals die Kinder schuld. Die haben zum Teil ein Leben, das ist so anstrengend wie zwei Erwachsenenleben, viele von denen müssen früh Verantwortung für Geschwister übernehmen, sich mit den Eltern rumschlagen, sich auf der Straße behaupten. Und dann der ständige Druck von allen Seiten, im Lehrbetrieb werden sie oft genug als billige Arbeitskräfte missbraucht, bei mir werden sie dann auch noch auf ihre Lern- und Konzentrationsschwächen aufmerksam gemacht, das nagt am Selbstbewusstsein, dazu pubertieren die auch grade noch wie Sau, ganz ehrlich, Willi, die Kinder haben meinen größten Respekt, wenn die überhaupt noch zur Schule kommen.« Brockmüller nahm einen großen Schluck Bier. »Und mein Job ist es, die da irgendwie durchzubringen. So.« Dann entdeckte Brockmüller die Schnapskarte: »Was war denn noch mal Schlehe, Willi?«

»Können Sie das mal zahlen, Herr Willem?« Er ist schon wieder eingeschlafen, René rüttelt ihn wach, er sieht Hausmauern im Warnblinklicht des Taxis, die ungeduldige Hand des Taxifahrers, wenigstens sein Portemonnaie findet er noch, schon stehen sie auf der Straße, hier wohnt er aber nicht.

»Hier wohn ich nicht.«

»Pass ma auf, Herr Willem, ich hab Sie vorhin dreima gefragt, wo Sie wohn, ham Se aber nich mehr gewusst. Ich koch jetzt mal was für Sie, Sie können schön relaxed abliegen bei mir und bisschen chillen und so, und wenn Ihnen wieder einfällt, wo Sie wohn, besorg ich ein Taxi!«

»Ich wohne in der Schlösserstraße 35.«

»Fortschritt, Alder! Vielleicht trotzdem ersma ne Kleinigkeit essen?«

Herr Wilhelm sieht die Rücklichter des Taxis in der Ferne verschwinden, zuckt mit den Schultern und nickt.

»Aber Sie müssen leise sein wie ne Fledermaus. Nathalie schläft!« Nathalie, der Name sagt Herrn Wilhelm irgendwas, alles sehr verwirrend heute Abend. Hinter René schleicht er das Treppenhaus hinauf, es riecht nach gekochtem Wirsing und feuchtem Wischmopp. Die Dachwohnung ist winzig, René kann nur in der Mitte des Zimmers aufrecht stehen, unter den Dachschrägen muss er den Kopf einziehen, er zeigt auf eine verschlossene Zimmertür neben dem Sofa und führt einen Zeigefinger zu seinen gespitzten Lippen. Leicht gebückt geht es durchs Wohnzimmer in die kleine Küche. Auf Zehenspitzen folgt Herr Wilhelm seinem Lehrling, nimmt Platz auf einem wankelmütigen Klappstuhl. René reicht ihm eine Rolle Küchenpapier: »Zwergenkotze«, flüstert er und zeigt auf Wilhelms Schuhe, dann öffnet er den Kühlschrank. Das Licht erhellt den Fußboden, das Innere des Kühlschranks zeigt sich aufgeräumt. Ein Stück Ziegenkäserolle, eine Tüte mit Salatresten aus dem Restaurant, »ging echt nicht mehr für Gäste, Herr Willem, ich schwör!«, das ist alles. »Na super! Ich hab gehofft, dass der Kühlschrank voll ist. Und Achtung!«, mit Schwung öffnet René das schmale Gefrierfach, präsentiert eine Packung gefrorene Blätterteigplatten, die er triumphierend wie einen Fußballmeisterschaftspokal in die Luft hält: »Strike, Alder! Holen Sie schon mal die Kräuter, Herr Willem?« Irritiert sieht sich Herr Wilhelm im Halbdunkel der aufgeräumten Küche um. »Auf dem Balkon, Alder!«

Rundherum und unter ihm die Stadt, ein Lichternetz, dessen Maschen sich über der Reeperbahn und dem Hafen verdichten, hinter den hell erleuchteten Hafenkränen dämmert ein neuer Morgen die Elbe hinauf. Die Luft tut gut, Herr Wilhelm atmet tief ein. Dann kniet er sich staunend hinab zu den akkurat gepflegten

Kräutertöpfen, die den gesamten Balkon rahmen. Er pflückt, was sein Lehrling bestellt hat: Rosmarin, Thymian, einige Blätter Salbei, ein wenig Bohnenkraut und Basilikum. Zurück in der Küche zupft René die Blätter zärtlich von den Stielen, verreibt sie in einem Mörser ganz grob mit Olivenöl, gibt Knoblauch, Pfeffer und Salz dazu: »Bis auf das Basilikum, das hab ich von Ihnen gelernt, Herr Willem, das kommt zum Schluss. Weil Basilikum is ähnlich wie der Herr Brockmüller.« René lacht: »Der verträgt die Hitze auch nich!« Dann schneidet er die Ziegenkäserolle in dünne Scheiben, belegt damit die angetauten Blätterteigplatten, die er vorher mit einer Gabel perforiert hat. Vorsichtig beträufelt er alles mit dem Kräuteröl und schiebt die Platten dann auf einem Blech mit Backpapier in den glühenden Ofen.

Wie köstlich Mineralwasser schmeckt, denkt Herr Wilhelm und gießt sich das Glas noch mal randvoll. René rührt aus Weißwein, Apfelessig, Dijon-Senf, dunklem Zuckerrübensirup und Olivenöl eine einfache Vinaigrette, alle Zutaten sind ausgewählt und hochwertig, das fällt dem Küchenchef auf: »Du gibst viel von deinem Lohn für gutes Essen aus.«

»Ja, schmeckt besser, und wir kochen viel selber, Nathalie und ich, is billiger als immer Imbiss.«

Schlehen sind ein rosenartiges Steinobstgewächs, und es muss ein Teufel gewesen sein, der daraus Schnaps gebrannt hat. Jedenfalls behauptet René, während sie den Käseschnitten beim Backen zusehen, Herr Brockmüller und er, Wilhelm, hätten das Tabula Rasa so gegen Mitternacht betreten und Red Bull mit Wodka bestellt. Herr Brockmüller habe gerufen: *Das trinken die Kinder auch immer, hellwach sind wir gleich, Willimann, hellwach! Und dann geht die Party aber erst mal so richtig los!*, und dann habe Herr

Brockmüller plötzlich und ohne erkennbaren Anlass angefangen, laut zu singen:

Und jetzt alle zusammen im Chor,
FC Sankt Pauli, schieß ein Tooooor
allez, allez, allez, allez!

»Ich sach ma, das war unvorsichtig vom Herrn Brockmüller, weil das Tabula Rasa eine HSV-Kneipe is, das hat der Herr Brockmüller wohl nich gewusst.« Ungläubig lauscht Herr Wilhelm den Beschreibungen seines Lehrlings zum weiteren Fortgang des Abends. Es habe daraufhin schnell Streit gegeben, kleine Schubserei, weil der Herr Brockmüller gesagt habe, er lasse sich das Singen nicht verbieten. Und dann habe der Herr Brockmüller zu einem stadtbekannten HSV-Hooligan gesagt, und zwar wortwörtlich, *Deine Mutter klaut bei Kik*. René zuckt die Achseln: »Krasser Text, is klar, ne. Da musst ich dann leider einschreiten, ich mein, ich wollt Sie und den Herrn Brockmüller echt nich stören in Ihrer Freizeit, aber der Typ hätte den Herrn Brockmüller komplett zerstört, glauben Se mal, also hab ich den Herrn Brockmüller rausgezogen und in ein Taxi gesetzt, *des is mein Berufsschullehrer*, hab ich dem HSV-Typ in Ruhe erklärt, der wollte aber nich auf mich hören, wurd auch gleich frech, musst ich den ausschalten. Notwehr, Alder!«

René mischt die Salatblätter mit der Vinaigrette, zieht die goldgelben Käsekissen aus dem Ofen und richtet auf feinstem Porzellan an, es duftet nach Süden. »Und im Tabula Rasa war dann schon voll Blutrausch angesagt, und dann hab ich mich erinnert, dass mein Chef auch noch im Laden is, und dann bin ich rein, um Sie abzuholen, Herr Willem, und der Zwerg, wo Ihnen leider auf die Schuhe gekotzt hat, der is hinter mir reingekommen. So, fertig, komm, wir essen auf Balkonien.«

Die Morgenröte verspricht einen sonnigen Tag. Sie sitzen auf dem Balkon und knuspern die warmen Blätterteigstücke zum würzig abgeschmeckten Salat. »Tut mir leid wegen der Teller«, sagt René kauend, »sind echt nur geliehen, Herr Willem. Wir sind grade zusammengezogen, Nathalie und ich, und die Kiste mit den Tellern is mir im Treppenhaus runtergefallen!« Herr Wilhelm nickt, das geht echt in Ordung. René fällt etwas ein: »Alder! Ich muss Ihnen was zeigen.« Leise verschwindet er in der Wohnung und ist nach kurzer Zeit zurück: »Geil, oder?« René hält einen grünen Wecker in die Höhe, es ist ein riesiger Wecker, alles ist übergroß an diesem Wecker, das Ziffernblatt, die Bedienknöpfe, der Hammer, der zur eingestellten Zeit zwischen den dicken Glockenschalen hin- und hersausen wird. »Krass, oder? Macht übertrieben Lärm das Teil, hat mir Nathalie geschenkt zum Einzug, damit ich nich mehr verschlaf morgens.« René grinst: »Da kannst du ab jetzt voll mit mir rechnen, Herr Willem!« Barfüßige Schritte sind aus der Wohnung zu hören, Türengeklapper, die Toilettenspülung rauscht, ein Wasserhahn, dann erscheint eine Frau in der geöffneten Balkontür, eine Frau von jener Schönheit, der nicht mal ein langer Schlaf etwas anhaben kann, in einem weißen Hemd, wilde Locken rahmen ein makelloses, ungeschminktes Gesicht – das Herrn Wilhelm irgendwie bekannt vorkommt. Die Augen der Nachtschönen weiten sich im Moment der Erkenntnis.

»Herr Wilhelm!«, ruft Nathalie und verschränkt die Arme.

»Süße!«, ruft René.

»Nathalie!«, stammelt Herr Wilhelm.

»Was machen Sie denn hier?«, fragen sich Nathalie und Herr Wilhelm gleichzeitig, wie aus einem Mund. So hat Herr Wilhelm seine junge Restaurantleiterin noch nie gesehen.

Sie sitzen nebeneinander in der wärmenden Morgensonne auf der Matratze, die René ins Freie geschleppt hat, die Hände um große Becher mit dampfendem Kaffee gelegt, Herr Wilhelm, René und Nathalie. Weit unter ihnen auf der Straße lärmt die Müllabfuhr, der Wind trägt den Duft frischer Brötchen über die Dächer, hinter dem Schornstein gurren verliebte Tauben, ein großer Frieden überfällt Herrn Wilhelm, die Müdigkeit zieht nicht unangenehm an seinen Augenlidern, die Morgenidylle wird schmaler.

»Scheißendreck, Herr Willem!«, ruft plötzlich René und reißt seinen großen, grünen Wecker in die Höhe: »Wir kommen zu spät!«

»Also, ich verrate nichts.« Herr Wilhelm lächelt und schließt die Augen.

RENÉS BLÄTTERTEIG-ZIEGENKÄSESCHNITTEN MIT KRÄUTERN UND SALAT

ZUTATEN

Für 4 Personen

4 Scheiben TK-Blätterteig à ca. 50 g
150 g gemischte Blattsalate
1 Tl Dijon-Senf
1 El Zuckerrübensirup
2 El Apfelessig
2 El trockener Weißwein
6 El Olivenöl
Salz
Pfeffer
1 Zweig junger Rosmarin
1 Zweig Thymian
4 Salbeiblätter
1 Zweig Bohnenkraut
1 Zweig Basilikum
1 Knoblauchzehe
200 g Ziegenrolle (Ziegencamembert)

ZUBEREITUNG

1.

Die Blätterteigplatten auf ein Blech mit Backpapier legen und 10 Minuten auftauen lassen. Den Ofen auf 220 Grad vorheizen. Die Salate waschen und trocken schleudern.

2.

Aus Senf, Sirup, Essig, Wein und 4 El Olivenöl eine Vinaigrette anrühren, mit Salz und Pfeffer kräftig würzen.

3.

Die Blätter und Nadeln von den Kräutern zupfen, Knoblauch in Scheiben schneiden, alles (bis auf die Basilikumblätter) im Mörser mit 2 El Olivenöl, Pfeffer und einer Prise Salz grob verreiben.

4.

Blätterteigplatten mit einer Gabel mehrfach einstechen. Ziegenkäserolle in zwanzig Scheiben schneiden, die Blätterteigplatten damit belegen. Mit der Kräuter-Knoblauch-Paste aus dem Mörser beträufeln. 12 Minuten im Ofen backen. Mit Basilikumblättern bestreuen. Salat mit der Vinaigrette mischen und dazu servieren.

Tipp

Dieses Rezept lässt sich leicht verdoppeln und schmeckt auch mit Gästen, als Snack zu einem Glas Lieblingswein.

Zubereitungszeit

30 Minuten

REVOLUTION

Er ist extra früher aufgestanden, mit einem letzten Mausklick veröffentlicht er seinen neuen Blogeintrag über bei Niedrigtemperatur gegartes Entrecôte, während sich die Crema seines Morgenkaffees langsam in Falten legt und ausdünnt. Kalter Kaffee macht schön, denkt Niklas Bär und lacht leise. Er geht in die Küche, legt eine neue Kaffeekapsel in den Vollautomaten und drückt den Knopf für eine große Tasse heißen Kaffees. Es sind die inneren Werte, die zählen, denkt er, kehrt zurück an seinen Schreibtisch und zu Facebook. Robert Dörrhoff, sein Nachbar aus dem ersten Stock, hat schon wieder einen Protestaufruf auf seiner Pinnwand geteilt, diesmal geht es um die langen Transportwege von Schlachttieren, und sein Nachbar hat die Dringlichkeit der Sache mit einer persönlichen Nachricht an Niklas Bär noch unterstrichen: *Niklas, was da abgeht, ist wirklich eine Riesensauerei! Hast du den Aufruf dazu gesehen und unterstützt? Hier der Link zu einer Protestmail an das zuständige Bundesministerium, schon 3758 Unterstützer haben ihren Unmut bekundet! Mach mit, Genosse ;-).* Niklas Bär versucht sich daran zu erinnern, wie viele Mails er schon ins Bundeskanzleramt geschickt hat, schüttelt ungläubig den Kopf und sieht auf die Uhr. Fünf Minuten hat er noch. Über Facebook ruft er die Protestseite auf, überfliegt die vorformulierte Mail der Aktionsgruppe und unterzeichnet mit seinen Adressdaten. Er drückt den Knopf, die Protestseite dankt für seine Unterstützung, er wartet kurz auf die Mail mit dem Bestätigungslink, der seinen Protest legitimiert, er drückt den Bestätigungslink. Niklas Bär ist jetzt offiziell gegen lange Transportwege von Schlachttieren und geht duschen.

Vor dem Haus trifft er Robert Dörrhoff, der auf dem Gehweg mit kantigen Bewegungen Dehnübungen aufführt, sein neongelber

Lycra-Jogginganzug leuchtet im Nieselregen. »Ja guten Morgen, Herr Nachbar! Mach mit, sei fit!«, ruft Dörrhoff und lässt dabei einen Zeigefinger vergleichend zwischen dem eigenen und Niklas Bärs imposanten Bauch hin und her schwingen.

»Die Arbeit ruft!«, entschuldigt sich Bär, spannt den Regenschirm auf und verabschiedet sich schnellen Schrittes in Richtung Bushaltestelle.

Mit einem Dreiklang der Übereifrigkeit erwacht der Bürocomputer, Bär sortiert und beantwortet neue Mails, kurz sieht er sich im Büro um, dann ruft er Facebook auf. Robert Dörrhoff, erfährt er dort, ist trotz des Nieselregens inzwischen sieben Kilometer gelaufen, in 42 Minuten. *Es gibt kein schlechtes Wetter, wenn man seinen inneren Schweinehund beherrscht,* hat Dörrhoff an seiner Pinnwand notiert, und unfassbaren 27 Personen gefällt das.

Eine weitere Meldung zeigt an, dass Dörrhoff eben auf seinem Foodblog einen langen Artikel mit seinen Gedanken zur Tiertransport-Problematik in Europa veröffentlicht hat. Bär überfliegt Dörrhoffs langatmige Ausführungen, die mit dem Satz enden: *Ein weiterer Grund, seinen Fleischkonsum zu hinterfragen, so wie es meine Frau und ich schon lange tun: Wir essen nur noch sehr selten Fleisch, dann aber von höchster Qualität und von Tieren, die nachweislich ein gutes Leben hatten und von regionalen Biohöfen stammen.* Wann arbeitet der Streber eigentlich mal, rätselt Niklas Bär und macht sich an die Arbeit.

Der Bus ist eine Zumutung. Menschen riechen, insbesondere bei Regen. Bärs Arbeitstag endet eingeklemmt zwischen wildfremden Leuten, die die Anstrengung ihres Arbeitstages ausdünsten. Feuchte Mantelstoffe müffeln, der Geruch von Schweiß, kraftlosen Minzkaugummis und kräftigen Feierabendbierfahnen weht über die Köpfe der Heimkehrer. Bär hasst es. Er hasst den Bus, aber der Bus ist sein Beitrag für eine bessere Umweltbilanz, er reduziert hier aktiv seinen persönlichen CO_2-Fußabdruck, während der Regenschirm seines Sitznachbarn sein linkes Hosenbein einnässt. Du könntest ja mit dem Fahrrad fahren, sagt seine Frau immer, das ist aber, findet Bär, keine wirkliche Alternative. Er sieht sich, krampfhaft die Balance haltend, auf dem ausgemusterten Damenfahrrad seiner Frau durch den Regen strampeln, das Gesicht von den Anstrengungen gerötet, eine im Wind schlackernde, neongelb leuchtende Multifunktionsjacke umflattert seine 142 kg Lebendgewicht wie eine Festzeltplane im Sturm, er tritt energischer in die Pedale, gleich wird er den Bus überholt haben, und als er gleichauf ist mit den sich drehenden Vorderrädern des Linienbusses, rollen diese unangekündigt durch ein tiefes Schlagloch, das der letzte Winter in den Asphalt gerissen hat. Alles Wasser wird von den schweren Busreifen hinausgedrückt aus dem Loch, und eine Seitwärtsfontäne trifft den Fahrradfahrer Niklas Bär. Durch die beschlagenen Scheiben des Busses sieht Bär sich selbst, schwer atmend, durchnässt, zurückbleibend, das Vorderlicht am Fahrrad seiner Frau wird schwächer, erlischt, und Niklas Bär beschließt, sich mit dem Bus anzufreunden.

Seine Manteltasche vibriert, er gräbt sein Handy aus dem feuchten Stoff, drückt die grüne Taste und meldet sich in gedämpfter Tonlage. Noch mehr als den Bus hasst er es, im Bus zu telefonieren, schützend hält er die freie Hand vors Telefon.

»Bär«, wispert er ins Gerät.

»Kannst du heute Abend Bolognese machen? So eine richtige Kinder-Bolognese, wie ich sie mag?«, seine Frau ist am Apparat. »Büüüüte!« Die vorgeschobene Schmolllippe der Liebsten kann Niklas Bär sogar durch das Telefon sehen. Diese Schmolllippe, auch Schippe genannt, ist die stärkste Waffe seiner Frau zur Durchsetzung ihrer Interessen, und Bär nickt ergeben: »Gut. Also Spaghetti Bolognese heute Abend«, flüstert er. Telefonieren im Bus ist wirklich das Letzte. Begeisterung tönt aus dem Smartphone. Bär nimmt das Handy vom Ohr, drückt die rote Taste und starrt auf das Display. 18.23 Uhr. Das ist jetzt ein Problem. Die Metzgerei hat seit 23 Minuten geschlossen, da ist er preußisch pünktlich, sein Metzger, und außerdem im *Verein zur Erhaltung der Mittagspause zwischen 12.00 und 14.30 Uhr.* Für hart arbeitende Menschen hält Niklas Bärs Metzger nur ein sehr kleines Zeitfenster geöffnet. Und das ist jetzt zu.

Jetzt bis 22.00 Uhr geöffnet, verkündet ein großes Schild im Fenster des hell erleuchteten Supermarkts, und ein tief empfundenes Mitleid zupft kurz an Bärs nassem Mantelkragen. Die müden Kassiererinnen haben tatsächlich noch dreieinhalb Stunden Arbeit vor sich. Im gläsernen Kühlschrank mit dem abgepackten Biofleisch, an dem Bär sonst immer mit großer Skepsis und ungläubigem Kopfschütteln vorbeizugehen pflegt, herrscht gähnende Leere. Einen Kühlschrank weiter ist noch alles da, das gesamte Sortiment einer von der Handelskette erdachten Fantasiemetzgerei leuchtet rotfleischig unter Zellophan und vorteilhaft färbendem Licht. Da leuchtet auch Hackfleisch. Hackfleisch, gemischt und dauerwellig in Locken gelegt, der Aufkleber auf der Styroporschale verspricht 500g Hackfleisch für 2,99 Euro. Gott steh mir bei, denkt Niklas Bär, ich kaufe Quälfleisch.

Er klemmt sich das Hack unter den Arm und geht zur Kasse. Sehr spät erst bemerkt er, dass auch Robert Dörrhoff in der Kassenschlange steht, nur drei Personen trennen ihn vom Nachbarn. Das Hackfleisch unter Bärs Arm beginnt zu glühen. Er greift sich an den Kopf, für die Wartenden sieht es aus, als habe er etwas vergessen, er verlässt die Schlange und geht zügig zurück in Richtung der Verkaufsgänge, sieht sich noch einmal um, Robert Dörrhoff hat ihn nicht gesehen, doch da, jetzt, Robert Dörrhoff dreht sich um, reflexartig wirft Niklas Bär sich zu Boden. Nicht auszudenken, wenn der ihn hier beim Kauf von Supermarkthackfleisch erwischt, der bloggt das, und dann wäre aber Schluss mit Bärs gutem Ruf im Internet, er sieht schon die Schlagzeile: *Scheinheilig! – Foodblogger Niklas Bär unterstützt die Ekelfleisch-Industrie. Hat der Teilzeitvegetarier uns alle jahrelang belogen?* Verdammt, das kann er nicht zulassen. Das Werk von Jahren ist in Gefahr, alles, was er sich mühsam aufgebaut hat, droht zu zerfallen, nur wegen eines Hackfleischgerichts! *Niklas Bär entlastet? »Ich kaufte Ekelfleisch aus Liebe«,* behauptet der gestrauchelte Ex-Foodblogger. Das wird ihm keiner glauben.

Langsam robbt sich Niklas Bär auf allen vieren rückwärts aus Dörrhoffs Gesichtsfeld, hinein in den Gang mit den Sauergemüse-Regalen. Einem plötzlichen Einfall folgend schiebt er, immer noch auf dem Boden liegend, die Styroporschale mit dem Hackfleisch langsam unter das Regal mit den Gewürzgurken. Den Mann, der jetzt hinter ihm steht, hat Niklas Bär nicht kommen hören. »Was machen Sie denn da?«, will der Marktleiter wissen.

Es gibt Spaghetti mit Tomatensauce. »Der Metzger hatte schon zu, und wir wollten doch sowieso weniger Fleisch essen«, argumentiert Niklas Bär gegenüber seiner Frau, die wortlos und mit finsterer Miene Nudeln auf ihre Gabel fädelt. »Sach mal, der Dörrhoff«, fragt Bär, »ich war vorhin beim Kochen noch mal kurz am Rechner, und der Dörhoff hat mir eine Nachricht geschickt, er freue sich schon auf uns. *Ich freu mich schon auf euch,* steht da und sonst nichts, ich habe keine Ahnung, was der meint, weißt du da mehr?«

»So hörst du mir zu!« Seine Frau unterstreicht ihre Aussage mit einer langen Zeit erbarmungslosen Schweigens, dann erst hilft sie ihrem Mann auf die Sprünge: »Hab ich dir doch erzählt, ich hab neulich im Treppenhaus die Silke Dörrhoff getroffen, und da haben wir verabredet, dass sie mal zum Essen bei uns vorbeikommen, und der Robert bringt die Weine mit, und du kochst.«

»Und wann soll das sein?«

»Wie bereits vor Wochen schon verabredet, morgen Abend, mein Schatz!«

Niklas Bär hustet eine Nudel aufs Tischtuch.

Gleich kommen die Dörrhoffs, Niklas Bär geht konzentriert noch mal alles durch: Er hat die Mikrowelle in der Küche abgebaut und im Schlafzimmerschrank versteckt. Er hat die teuren Olivenöle aus dem Küchenschrank geholt, die verklebten Flaschen abgewaschen und malerisch aufs Küchenregal drapiert, gleich neben die eben noch schnell gekauften Töpfe mit den frischen Küchenkräutern. Die Kartoffeln hat er vom Plastiknetz befreit, sie ruhen jetzt in einem rustikalen Bastkörbchen auf dem Kühlschrank, gleich neben seinen neuen Kochbüchern: *Fleischlos glücklich!*, *Vegetarisch – mit Vergnügen!* und dem Sachbuch *Ich ess Blumen – mein veganer Weg.* Die Dose mit dem Corned Beef, den Schokoaufstrich, die Packung mit dem Saucenbinder und das Glas mit dem Gemüsebrühpulver hat er im Schlafzimmerschrank hinter die Mikrowelle gestellt. Das Brühpulver ist zwar bio, Niklas Bär ist trotzdem unsicher. Und es ist ihm, als habe er etwas vergessen. Es klingelt an der Tür. »Silke! Robert! Schön, dass ihr da seid! Niklaaas, kommst du mal, jetzt, Silke und Robert sind da!« Als hätte er keine Ohren.

Auf Nachfrage würde Niklas Bär zugeben, dass ein Risotto als Beilage zu geschmorten Ochsenbacken eventuell ein bisschen ungeschickt gewählt wäre, immerhin ist der Koch für mindestens eine halbe Stunde mit dem Rühren im Reisgericht beschäftigt, beständiges Rühren ist da gefordert, fernab der Gäste, und genau darum gibt es heute ein Safranrisotto als Beilage zu den geschmorten Ochsenbacken. Vom fernen Speisezimmer dringt gedämpft das Geschwätz von Robert in die Küche, der den Damen gerade detailliert die Größe und das Geniale seiner geschmackssicheren Weinauswahl erläutert. Niklas Bär entspannt am Risottotopf und schenkt sich Rotwein aus einer der Flaschen nach, die Robert hier *zum Atmen* geöffnet und in seine Küche gestellt hat, der Wein ist wirklich gut. Eine große Ruhe überkommt Bär, dessen Liebe zum Kochen, wenn er es richtig überlegt, schon früh aus einem gewissen Weltenüberdruss heraus entstanden ist, die Küche ist sein Rückzugsort, wenn er der Menschen müde wird, und Niklas Bär hat festgestellt, dass er mit zunehmendem Alter zunehmend schneller am Weltenlauf ermüdet. Er liebt das konzentrierte Werkeln, schweigend arbeitet er, erfreut sich am sanften Schnitt der scharf geschliffenen Messer, lauscht den Tönen aus Töpfen und Pfannen, so gut geübt ist er mittlerweile, dass er hören kann, wann eine Sauce perfekt einreduziert ist, er sieht, wann das Öl in der Pfanne die perfekte Temperatur zum Braten erreicht hat. Er liebt den Duft, den erwärmte Gewürze verströmen, das Wissen um die perfekte Garzeit macht ihn glücklich, riechen, schmecken, hören, würzen, probieren, für sich allein, die Welt bleibt draußen.

»Niklas, alte Quaddel, wo versteckst du dich denn, wird wohl nix, dein Risotto, was!«, beschwingt und weinselig fällt Robert Dörrhoff in sein Reich ein, macht *Mmmh!,* reißt die Ofentür auf, ruft: »Ochsenbacken, toll!«, greift einen Löffel, fährt in den Bräter, löffelt Sauce, pustet, lutscht und kaut: »Köstlich!« Mit aufgerissenen Augen der Verzückung und einem Grinsen mit Saucenrand steht Robert Dörrhoff in seiner Küche und will eben mit dem abgelutschten Löffel erneut in den Bräter fahren, da packt ihn Niklas Bär kräftig am Nacken, zieht schwungvoll nach hinten, lässt dann Robert Dörrhoffs Kopf mit Anlauf und Schmackes auf die Herdkante donnern. Eine Ruhe ist das.

Mit einem großen Schluck Wein schluckt Bär den schönen Tagtraum hinunter. Dörrhoff steht immer noch grienend vor ihm: »Die ganze Welt will nur Filet, ich find's schön, dass du Ochsenbacke gemacht hast, müssen ja auch weg, die unbeliebten Teile, was?« Dörrhoff lacht, und Niklas Bär trauert der verstrichenen Gelegenheit nach, seinem Nachbarn Kutteln serviert zu haben. Der sieht sich in der Küche um, erstarrt plötzlich in der Bewegung, reißt theatralisch die Augen auf: »Alter, was ist das denn?« Robert Dörrhoff sieht aus, als habe er ein Gespenst gesehen, und auch Niklas Bär erbleicht, als er dem ausgestreckten Zeigefinger des Nachbarn folgt, der auf den kleinen Kaffee-Kapsel-Vollautomaten zeigt. Das war es, was er vergessen hatte. Der sollte eigentlich auch im Schlafzimmerschrank stehen, bei der Mikrowelle.

»Dir ist schon klar, dass dieser Kapselscheiß aber so was von ober-evil ist, oder, Niklas?«, die Frage ist rhetorischer Art. »Damit verabschiedest du dich nicht nur vom Kaffeeweltmarkt und fairem Handel, du trittst auch die Arbeit alternativer Kaffeeproduzenten und kleiner Röstereien mit Füßen, unterstützt die Versklavung und Ausbeutung ärmster Kaffeebauern und produzierst dazu noch eine unfassbare Menge unverrottbaren Kapselmüll. Komplett Babylon, Alter!« Niklas Bär starrt auf die Kaffeemaschine des Bösen, jetzt fällt es ihm wieder ein, der sortenreine

Waldkaffee aus nachhaltigem Bioanbau und schonender Trommelröstung steckt noch in seiner Aktentasche. Den Kaffee hatte er online bestellt und sich ins Büro schicken lassen, von dem wollte er den Dörrhoffs am Ende des Abends ein Tässchen brühen.

»Es ist so, das, äh … der ist ja nur für morgens, der Kapselkaffee, wenn es schnell gehen muss.« Niklas Bär hasst es, dass er sich verhaspelt hat, er hasst es, sich überhaupt rechtfertigen zu müssen, dass dieses Gefühl, sich rechtfertigen zu müssen, sich allmächtig breitmacht in ihm. Er spürt einen gewaltigen Zorn in sich aufsteigen, als hätte Dörrhoff mit spitzer Nadel in eine lange schon eiternde Blase gestochen, und Niklas Bär ist sich nicht sicher, ob es der Zorn des Ertappten ist oder schlicht ein großer Groll auf diesen selbstherrlichen Weltenretter und Rechthaber vor ihm, der natürlich auch jetzt wieder recht hat, weil er immer recht hat, der immer alles richtig macht, in einem richtigen Leben, in dem die Tage arbeitsfrei mit Joggingrunden und Wochenmarktbesuchen gefüllt sind, ein Leben, in dem alles edel, hilfreich und gut ist und die Revolution sich dazu noch auf das Unterschreiben von Onlinepetitionen konzentriert, da kann man später gemeinsam baden gehen, im Stolz über das eigene Engagement. »Es passt einfach nicht alles in unser Leben!«, platzt es aus Niklas Bär.

»Was genau passt denn nicht in euer Leben?«, hakt Dörrhoff nach. »Fair gehandelten Kaffee zu kaufen passt nicht in euer Lebenskonzept? Sich auch mal ein bisschen zu engagieren, gesellschaftlich und über den eigenen Tellerrand hinaus? Das passt alles nicht?«

»Pass mal auf, ich muss mich hier vor dir nicht rechtfertigen, aber morgens muss das hier schnell gehen, weil wir zur Arbeit müssen, meine Frau und ich, und dann drück ich da das Knöpfchen, und da kommt dann Kaffee raus, und am Wochenende wird Filterkaffee gebrüht. Ihr seid doch hier nicht die Einzigen, die sich Mühe geben! Auch wir verzichten immer häufiger auf Fleisch, ermüden schneller unter diesen kackmatten Energiesparlampen, kaufen bio und regional und nachhaltig, den ganzen Schlagwörterkatalog kaufen wir, rauf und runter. Ich trenne Müll mittlerweile so akribisch wie ein Chirurg!« Bär ist laut geworden, den nächsten Satz brüllt er: «Ich fahre jeden Tag mit dem Scheiß-Bus zur Arbeit und zurück! Ich gehe jeden Tag morgens um acht aus dem Haus und komme selten vor sieben Uhr nach Hause. Ich komme in diesem, meinem Leben auf keinen Wochenmarkt mehr, mein Metzger hat eigentlich immer zu. Und weißt du, was ich da neulich vor lauter Verzweiflung gemacht habe? Ich wollte Hackfleisch kaufen, im Supermarkt, um halb sieben am Abend. Hackfleisch. Gewöhnliches Hackfleisch. Mit ohne Bio! So, jetzt ist es raus.«

»Das ist ja ekelhaft.«

»Nein, Liebe. Es war Liebe, Robert. Meine Frau hat sich außerhalb der Öffnungszeiten unserer Metzgerei eine Bolognesesauce gewünscht.«

»Du weißt aber schon, dass das falsch war, Niklas?« Robert Dörrhoff betrachtet ihn wie ein kleines, sehr böses Kind, den Mund strafend zusammengekniffen, in mitleidiger Verachtung harrend.

»Tja, das ist jetzt die Preisfrage! Was ist denn alles falsch? Die Flüge in den Urlaub jedes Jahr? Eure zwei Autos? Alle drei Jahre ein neues Smartphone, ein neuer Rechner? Das Tragen einer Jeanshose, deren Herstellung 8.000 Liter Trinkwasser verbraucht?«

Niklas Bär atmet tief ein und wieder aus: »Robert, ich seh's so: Wir sitzen alle im selben Glashaus, auf Bergen von Steinen.«

»Ich trage gar keine Jeans.«

Es ist nicht Niklas Bär, der das tut, es ist seine Hand, die nach dem Esslöffel greift, der Löffel taucht ab in den Risottotopf auf dem Herd, taucht gefüllt wieder auf, der Löffel beugt sich nach hinten, nimmt Anlauf, schnellt nach vorn und stoppt abrupt, die Fliehkräfte entlassen ein schönes Häufchen Safranrisotto durch die Luft direkt auf das Jackett von Robert Dörrhoff. Schweigend stehen sich die Männer gegenüber.

»Ach so, für mich bitte ohne Fleisch!«, ruft Silke Dörrhoff aus dem Wohnzimmer in die entstandene Stille.

»Silke, wir gehen«, antwortet ihr Mann.

Er ist extra früh aufgestanden, tief taucht er die Nase in den würzigen Kaffeedampf, der aus der Tasse steigt, er nimmt einen ersten Schluck und öffnet Facebook. Robert Dörrhoff hat noch am Abend ein Handyfoto von seinem Jackett online gestellt und die ganze Sache aus seiner Sicht geschildert. Das finden bis jetzt unfassbare 648 Menschen gut. Ein Blick auf den Nachrichteneingang zeigt, dass auch 234 seiner eigenen Facebook-Freunde eine Meinung dazu haben, die sie ihm, Niklas Bär, mitteilen wollen. Mit einem Kopfschütteln und einem Lächeln schließt er das Browserfenster. Er sieht auf die Uhr. Er hätte jetzt Zeit. Er hat sogar noch über eine Stunde Zeit, bemerkt er. Ist nicht Markttag heute? Bevor er losgeht, beschließt Niklas Bär, will er aber unbedingt noch eine Tasse von dem Kaffee probieren, der noch in seiner Aktentasche steckt.

GESCHMORTE OCHSENBACKEN MIT SAFRANRISOTTO

ZUTATEN

Für 4–6 Personen

Zutaten für die geschmorten Ochsenbacken
4 Ochsenbacken (ca. 1,8 kg)
Salz
Pfeffer
4 El Olivenöl
1 Suppengrün
200 g braune Champignons
1 Gemüsezwiebel
10 g getrocknete Steinpilze
40 g Tomatenmark
500 ml trockener Rotwein
1 El brauner Zucker
1 Knoblauchzehe
1 Zweig Rosmarin
2 Zweige Thymian
8 Wacholderbeeren
2 Kardamom-Kapseln
10 schwarze Pfefferkörner
250 ml Sauerkirschsaft
1 Liter Rinderbrühe

Zutaten für den Risotto
40 g Butter
250 g Risottoreis
1 Döschen Safranfäden (0,01g)
1/4 l trockener Weißwein
1 Liter heiße Gemüsebrühe
Schnittlauch
80 g frisch geriebener Parmesan

ZUBEREITUNG

1.
Die Ochsenbacken von Sehnen und Häuten befreien, mit Salz und Pfeffer würzen und in einem Bräter im heißen Öl scharf anbraten. Das Suppengrün, die Pilze und die Zwiebeln grob würfeln. Fleisch aus dem Bräter nehmen, die Gemüse ins Bratfett geben und 2 Minuten anbraten. Getrocknete Steinpilze und Tomatenmark unterrühren.

2.
Mit der Hälfte des Rotweins ablöschen und dicklich einkochen. Übrigen Rotwein zugeben und nochmals dicklich einkochen. Zucker, Knoblauch, Kräuter und Gewürze zugeben. Mit Kirschsaft und Brühe auffüllen. Im heißen Ofen, bei 180 Grad 2 Stunden offen garen, dabei die Fleischstücke im Sud ab und zu wenden.

3.
Backen aus der Sauce nehmen. Die Sauce durch ein Sieb passieren und nur ganz leicht mit Salz würzen, in einen Topf geben und die Backen darin warm halten.

4.
Für den Risotto die Butter im Topf schmelzen. Reis und Safran darin kurz glasig dünsten, mit Weißwein ablöschen und mit etwas von der heißen Brühe auffüllen. Mit Salz würzen und unter Rühren garen, bis die Flüssigkeit fast verdampft ist, dann wieder mit etwas Brühe auffüllen. Diesen Vorgang wiederholen, bis der Risotto gar und/oder die Flüssigkeit verbraucht ist, das dauert zwischen 25 und 30 Minuten (siehe Tipp), die Reiskörner dürfen gerne noch einen leichten Biss haben.

5.
Den Parmesan unterrühren und den Risotto mit Salz und Pfeffer würzen. Schnittlauch schräg in 0,5 cm lange Stücke schneiden und unterrühren. Ochsenbacken aufschneiden, gegebenenfalls nochmals in der Sauce erhitzen und zum Risotto servieren.

Tipp
Risottoreis verschiedener Hersteller hat unterschiedliche Garzeiten. Achten Sie auf die Garzeitempfehlungen der Packungsanweisungen. Und immer gilt: Nie sollte der Risotto auf den Gast warten, immer der Gast auf den Risotto!

Zubereitungszeit
45 Minuten

RÖDA HUSET

26. Dezember

Warum fährt der Idiot eigentlich so schnell?«, fragt Katja und prüft beidhändig ihren Gurt. »Weil er's kann?«, rate ich und suche im Schneegestöber nach den Rücklichtern des Cayenne. Draußen rauscht Krolleby an uns vorbei, sechs Häuser, eine Tankstelle, der hell erleuchtete Supermarkt.

»Das«, sagt Katja und zeigt mit dem Finger hinaus in die Dunkelheit, »war übrigens gerade unsere letzte Einkaufsmöglichkeit.«

»Ja, aber Raik bestand doch darauf, nur das Allernötigste mitzunehmen und lieber tagesfrisch vor Ort zu kaufen.«

»Macht wahrscheinlich Sinn.« Katja klopft mit der Hand auf das Navigationsgerät, ein blinkendes Dreieck auf weißem Grund, wir scheinen auf einer Geisterstraße zu fahren, dicke Schneeflocken fliegen im Scheinwerferlicht auf uns zu, der Scheibenwischer quietscht hektisch, im Radio spielen Supertramp *Take the long way home.* Wir lachen. »Deine Else weiß grade auch nicht wohin, was?« Katja nennt das Navigationsgerät, die weibliche Stimme des Gerätes, stets abschätzig *Deine Else,* sie traut meiner Else nicht und liest lieber Straßenkarten. »Meiner Ansicht nach hätten wir ja direkt hinter Krolleby schon rechts abbiegen müssen.«

Ich zucke mit den Schultern: »Nee, das stimmt schon hier. Und jetzt müssen wir sowieso hinter Raik her.« Die Musik im Radio verwischt, geht unter im Rauschen und Knistern. Katja drückt die Sendersuche, ein Fetzen Gesang, ein Knacken, leise Stimmen wie aus weiter Ferne, dann bleibt das Rauschen. »Das war's dann wohl. Wir sind echt weit draußen.«

Immer näher kommen die verwitterten Holzpflöcke entlang des verschneiten Feldweges, ich versuche den Wagen in Raiks Reifenspuren zu halten, Katja greift nach dem Handgriff über dem Fenster. Aus dem Nichts tauchen die Bremslichter des Cayenne auf, ich trete die Bremse durch, der Wagen schlingert, bricht aus, wir rutschen seitlich in eine Schneeverwehung. Wir stehen. Raik taucht vor dem Fahrerfenster auf, klopft an die Scheibe: »Super eingeparkt, Digger! Wir sind da!«

Der Versuch, das Auto wieder auf den Weg zu bekommen, scheitert, sofort graben sich die Reifen tiefer in den Schnee, auch Katja steigt über die Fahrerseite aus, wir kümmern uns morgen darum. Raik hat eine Taschenlampe dabei, wir trampeln einen Weg durch den Schnee zum Ferienhäuschen, wir tragen die Koffer, die Taschen, die Getränke ins Haus.

»Hier stinkt's«, sagt Sabine.

»Da muss man nur mal lüften!«, sage ich und glaube es selbst nicht, es riecht tatsächlich sehr feucht und moderig. »Dreht doch schon mal die Heizung auf!«, schlage ich vor.

»Welche Heizung?«, fragt Katja und lächelt gespielt freundlich. Nach zwei Stunden haben es Raik und ich geschafft, es brennt ein Feuer in den beiden Öfen in Küche und Wohnzimmer, die Frauen haben schon mal den Tisch in der Stube gedeckt. Jetzt stehen sie mit verschränkten Armen im Türrahmen, tragen immer noch ihre Winterjacken, vorwurfsvoll, schweigend, es wird nur sehr langsam wärmer.

»Stellt doch schon mal die Kartoffeln fürs Raclette auf«, schlage ich vor, während ich Raik weiteres Brennholz anreiche.

»Würden wir machen«, erklärt Sabine, »wenn es Wasser gäbe.«

Ich ziehe eine Flasche Rotwein auf, eiskalt wie Champagner, die Gläser beschlagen sofort: »Der muss noch ein bisschen atmen, glaube ich.« Keiner lacht. Die Damen halten die Hände über das glühende Raclette-Gerät, während nebenan in der Küche die Kartoffeln in Mineralwasser tanzen. Raik blättert in der schwarzen Informationsmappe, die uns unsere Vermieter zur Begrüßung in die Küche gelegt haben, die interessantesten Stellen liest er vor: »*Unser Röda Huset ist bestens geeignet für Menschen, die das einfache Leben in der Natur suchen. Ohne Telefon, Computer und Fernsehgerät ist viel Zeit, um Ruhe zu finden.*« Raik hebt den Zeigefinger in die Luft. »*An manchen Tagen kann es gegen Abend etwas kühler werden, nehmt Euch gerne Holz vom Stapel neben dem Toilettenhäuschen.*«

»Toilettenhäuschen?«, kreischen Katja und Sabine im Duett, mit fester Stimme liest Raik weiter.

»*Frisches Quellwasser holt ihr Euch beim Brunnen an der Einfahrt zu unserem gemütlichen Röda Huset.*«

»Ich glaube, der Wein ist jetzt warm genug«, sage ich in die sich ausbreitende Stille.

27. Dezember

Als mich die Kälte weckt, ist es noch dunkel draußen, ich spüre meine Nasenspitze nicht mehr, ich tauche den Kopf unter die Daunen. Mit der Hand fische ich nach dem Handy auf dem Nachttisch und ziehe es unter die Decke, der Bildschirm leuchtet auf, es ist 10.30 Uhr. Ich ziehe die Decke wieder vom Kopf. Vor den Fenstern tiefe Nacht. Etwas stimmt nicht. Ich knipse die Nachttischlampe an. Neben mir schläft Katja, ich schleiche mich nach draußen und hinunter in die Küche, es brennt Licht, Raik wirft Holzscheite in den Ofen, er hat sich einen Kapuzenpulli über den Schlafanzug gezogen, wenn er spricht, begleiten Atemwolken seine Worte in die Kälte: »Alter, der Drecksofen ist heute Nacht ausgegangen, wir haben noch ein bisschen Holz von gestern Abend, ich bring den jetzt mal wieder zum Laufen, aber wenn es hell wird, brauchen wir definitiv Holznachschub vom

Klohäuschen. Vielleicht kannst du dir schon mal die Taschenlampe schnappen und Wasser am Brunnen holen, für Kaffee?«

»Mach ich. Aber mal was anderes, Raik. Schon mal auf die Uhr geguckt? Es ist halb elf am Vormittag. Es sollte längst hell sein.«

Wir gehen zum Küchenfenster. Wir gehen ganz nah ran. Wir staunen über die verdichteten, grauen Schneekristalle vor der Scheibe. Wir gehen zur Haustür und öffnen sie. Lautlos löst sich eine kleine Lawine von der Schneewand, die den Türrahmen komplett ausfüllt, der Schnee ergießt sich leise in den Hausflur. Hinter uns taucht Katja auf, sie gähnt: »Gibt's schon Kaffee?«

Am Nachmittag haben wir einen Hohlweg in den Schnee geschaufelt, bis zum Brunnen, wir haben den Brunnen und den Verschlag mit dem Brennholz freigelegt, und dafür fünf Stunden gebraucht. Zu viert.

Mit Raik stehe ich auf dem Dach des Röda Huset, wir stoßen mit Bier an und besprechen die Lage. Um zu den Autos zu gelangen, müssten wir ungefähr zweimal so lange graben wie heute, schätzen wir, und dann ginge der Spaß erst so richtig los, die Autos sind verschwunden unter einer weiten, weißen Schneedecke, die sich vor unseren Augen bis zum Horizont ausbreitet, auf der anderen Seite, hinter dem Haus, steht schwarz ein endloser Wald. Wir halten unsere Handys in die Höhe, es bleibt ein Strich, wo wir auf Balken hofften. »Fuck«, sagt Raik.

Wir haben noch drei Eier vom Frühstück über und zwei Scheiben Parmaschinken. Ich würfle den Schinken und verrühre alles mit einer Tasse H-Milch, mit Brunnenwasser und einem Rest Mehl, den ich in einem vergessenen Glas im Küchenschrank gefunden habe. Unsere übrigen Vorräte belaufen sich jetzt noch auf sieben Flaschen französischen Rotwein, einen Karton Rheingau-Riesling, eine Kiste Champagner und einen Kasten Bier. Alkohol können die da nicht in Schweden, hatte Raik erklärt, als er damals in Hamburg das gemeinsame Proviantgeld von uns einsammelte: »Den guten Suff müssen wir einführen, Essen kaufen wir frisch vor Ort.«

Sabine liest aus der schwarzen Informationsmappe vor: »*Einen Supermarkt findet Ihr im Ort, es gibt einen sehr guten Fleischer, und wir empfehlen Euch auch die Fische von Gustav Mattsson, einem Fischer aus der Region, der hier im Supermarkt seine Forellen verkauft. Mit dem Auto seid Ihr in zehn Minuten in Krolleby.*«

»Ist doch Quatsch!«, ich unterbreche Sabine, »Zehn Minuten. Wir waren doch von Krolleby mindestens noch eine halbe Stunde hierher unterwegs.«

»Mmmh, das sind …?«, fragt sich Raik laut und sucht die Antwort an der Zimmerdecke, »ungefähr 50 Kilometer, lass es 30 Kilometer sein, laufen können wir das nicht, nicht bei dem Schnee, nicht ohne Schneeschuhe.« Schweigend essen wir die warmen Parmaschinken-Palatschinken, die erstaunlich gut zum Rotwein passen. Alle gehen früh ins Bett.

28. Dezember

»Im Auto sind Müsliriegel!« Sabine erinnert sich, und wir Männer machen uns auf den Weg, die Autos sind sowieso unsere einzige Chance im Moment. Immer wieder werfen wir uns lang in den Schnee, brechen ein, schwimmen uns frei, graben uns vorwärts, es ist mühsam, auch mit der Schaufel. Da, wo die Autos eventuell begraben sein könnten. Wir fragen uns, wo wir anfangen sollen. Wir wechseln uns ab an der Schippe, werfen den Schnee so weit es geht von uns, rätseln, ob und wo die Wagen sich genau verstecken könnten unter der immer noch dichten Schneedecke, die lautlos unsere Spatenstiche schluckt. Mittags dann ein Knirschen und Splittern, Raik hat mit der Schaufel die Dachbox seines Wagens ruiniert, zumindest wissen wir jetzt, dass wir an dieser Stelle richtig sind. Und in der Dachbox liegen die Langlaufskier, neben den Raketen für Silvester.

Wir graben weiter, es hat aufgehört zu schneien, die Sonne scheint, wir schwitzen in unseren dicken Jacken, schaufeln schnaubend weiter, die Arme schmerzen, jetzt kommt der Hunger, gewaltig. Jeder Zentimeter ein Kampf, wir müssen ein riesiges Loch ausheben, unglaublich tief und noch viel breiter, nur um die Autotür des Cayenne zu öffnen, für zwei Müsliriegel im Handschuhfach. Die Nacht kommt schnell, zum Abendessen teilen wir uns die Müsliriegel, die Raik mit dem Taschenmesser portioniert. Er und Sabine nehmen sich die größeren Stücke und tun, als wäre nichts. »Wir sollten auf jeden Fall mit dem Saufen aufhören«, sage ich und öffne noch eine Flasche Rotwein.

29. Dezember

Über dem Schnee hat sich eine dünne Schicht von Eiskristallen gebildet. Splitternd brechen wir mit den Langlaufskiern immer wieder ein, ziehen uns auf den dünnen Brettern mühsam durch den Schnee, der jeden Schritt bremst. Wir sind schnell erschöpft, es ist sinnlos. Wir stehen auf dem Dach und halten die Smartphones in die Höhe, wieder mal, wer weiß. Ich habe eine Antenne aus Alufolie gebastelt und auf mein Handy gestülpt, ein riesiger aus Alufolie gerollter Antennen-Dildo, der jetzt fordernd in den grauen Himmel zeigt. Kein Netz. »Das hat doch schon bei *Breaking Bad* nicht funktioniert«, weiß Raik. Unter uns im Haus schreien sich die Frauen an.

»Zum Abendessen gibt es heute mal ein paar Gedanken zur Lage der Nation«, sagt Katja später, »ernsthaft mal, wir müssen irgendwas machen, wenn uns kein spontanes Tauwetter den Arsch rettet, müssen wir uns selbst retten. Vorschläge?«

Stille.

Raik dreht nachdenklich sein Glas mit dem Rotwein in der Hand: »Alkohol hat doch viele Kalorien, oder? Wir warten einfach auf das Tauwetter. Prost!«

»Rai-ik!«

»Tschuldigung.«

»Wann habt ihr eigentlich zum letzten Mal wirklich Hunger gehabt, ich mein so richtig. Keinen Appetit, sondern Hunger?«, fragt Sabine.

30. Dezember

Nach ein paar Minuten schon bekommen wir Angst. Im Wald liegt viel weniger Schnee, die Umrisse auf dem Boden und auch die merkwürdig breite Schneise zwischen den dicht gedrängten Tannen lassen einen Forstweg vermuten, aber wohin der führt und wie weit wir uns dafür vom Haus entfernen müssen, wissen wir nicht. Wir haben Angst, die wir für uns behalten, Angst, die wir *Vernunft* nennen, das Risiko ist zu hoch, bestätigen wir einander, irgendwann könnte der Rückweg zu weit sein, das Ziel immer noch in weiter Ferne und die Nacht zu schnell hinter uns her. Wir kehren um. Auf dem Rückweg frieren wir trotz der vielen Kleiderschichten unter unseren dicken Skijacken, wir müssen ständig gähnen, der Hunger wird zu Müdigkeit. Katja und Sabine sitzen in der Hütte und trinken heißes Wasser, Unmengen heißes Wasser, ständig pfeift der Kessel Nachschub, die Frauen sitzen da und trinken noch mehr heißes Wasser in winzigen Schlucken, dazwischen konzentrierte Bewegungsphasen in aller Stille, Yoga-Übungen auf dem Wohnzimmerteppich.

»Was veranstaltet ihr da eigentlich?«, frage ich Katja am Mittag durch die Ritzen des Klohäuschens.

»Entschlacken! Kostet anderswo ein Vermögen. So, und jetzt geh mal weg da, auch kleine Mädchen brauchen Privatsphäre.« Als Katja raus ist, gehe ich zurück zum Klohäuschen und hinein. Man sitzt quasi draußen, luftige Latten rahmen das schlichte Plumpsklo. *Einmal im Jahr wird die Grube geleert, das machen natürlich nicht unsere Gäste selbst,* verrät die schwarze Informationsmappe. Mit einem großen Smiley hinter dem Satz. *Großes und kleines Geschäft wird mit Wasser aus dem Brunnen nachgespült, benutzt dafür die graue Blechkanne.* Kein Smiley.

Es ist schneidend kalt hier draußen, der Wind pfeift durch die Ritzen der Holzbretter, treibt Nadelstiche ins Gesicht und die nackten Beine, die Plumpskloumrandung scheint aus blankem Eis, ich atme tief ein, drücke und bin schnell erleichtert. Es rüttelt an der Tür, durch die Streben sehe ich Sabine vor dem Klohäuschen. »Besetzt!«, rufe ich und: »Ich beeil mich.«

Wenigstens stinkt es hier nicht, bei dem Windzug, denke ich erleichtert, benutze das Klopapier und drehe mich nach der Blechkanne um, die Hose noch in den Kniekehlen. Ich starre in die Blechkanne. Das Wasser ist gefroren. Ich starre in den Porzellanschlund. Da hängt noch ein kleiner Teil vom großen Geschäft. Festgefroren am Porzellan. Ich starre wieder in die Blechkanne. Namenloses Entsetzen im Moment der Erkenntnis.

»Wird das da drin noch mal was heute, ich muss echt sehr dringend Pipi!«, quengelt Sabine von draußen. Ich ziehe die Hose hoch, greife mit beiden Händen beherzt die Klobürste und hacke auf den Kötel ein. Nichts bewegt sich.

»Wasser!«, rufe ich, »Ich brauche heißes Wasser hier!«

»Du machst Witze!«

»Nein, bitte, Sabine, nicht fragen, einfach bringen, bitte, heißes Wasser.«

»Du hast Nerven«, sagt Sabine, durch die Ritzen sehe ich sie kopfschüttelnd zurück zum Haus laufen. Im stechenden Eiswind des Plumpsklos warte ich, bis endlich von drinnen der Wasserkessel erlösend pfeift.

Als ich zurückkomme, riecht es im ganzen Haus nach Speck. Raik steht in der Küche, schwenkt eine Pfanne mit fettglänzenden Speckscheiben, die sich in der Hitze zusammenziehen: »Alter, das glaubst du nicht, wie geil, guck mal!« Er zeigt auf den Holztisch in der Mitte der Küche, darauf liegt eine ganze, goldglänzende Räucherspeckseite, gut 50 Zentimeter lang, schwarz gepfeffert, luftgetrocknet, an einer Ecke ist ein grobes Hanfseil durch die Schwarte gezogen. Neben der Speckseite liegt ein Berg erdverkrusteter Kartoffeln, ein paar rotbackige Äpfel, weiße Zwiebeln. Ein Wunder.

»Woher ha…«

»Haben die Girls gefunden, beim Yoga, zeig ich dir!«

Raik zieht die Pfanne vom Herd, wir gehen ins Wohnzimmer. Die Frauen sitzen lachend auf der Ofenbank und halten den alten Teppich hoch, der mittig auf dem Wohnzimmerboden lag, da, wo jetzt eine Luke offen steht. Eine steile Steintreppe führt hinunter in eine Art Vorratskeller, die Wände aus kalter Erde und Stroh sind mit breiten Holzbalken gesichert, es stehen Kiepen mit Kartoffeln und Zwiebeln an den Wänden, Regale voller Gläser mit eingemachten Gemüsen, Marmeladen und Fruchtsäften. An langen Schnüren aufgefädelt hängen getrocknete Steinpilzscheiben von der Decke und dunkler Hirschschinken und noch mehr Speck, schwarze Trüffel leuchten in Weckgläsern, es gibt eingekochten Lachs mit Krebsbutter in Dosen, in Leinenbeuteln stapeln sich wagenradgroße Knäckebrotscheiben, und in der hintersten Ecke des Vorratskellers steht ein großer Softeis-Automat, der in diesem Moment räuspernd anspringt und grunzend cremiges Blaubeereis ausspuckt, begeistert halte ich meine frisch gebackene Waffel darunter, bekomme noch heiße Vanillesauce gereicht, dann erwache ich. Nebenan schnarcht Raik.

31. Dezember

Unsere Frauen sehen gut aus. Irgendwie unheimlich. Entspannt. Und sie sind bester Laune. »Das ist wie beim Fasten, Jungs, ab dem dritten Tag geht es wieder aufwärts! Solltet ihr auch mal versuchen«, sagt Katja und kneift mir in die Bauchspeckrolle. Raik und mir geht es nicht so gut. Rotwein ist, ohne jegliches Essen genossen, doch so ganz anders als gewohnt, viel unberechenbarer. Raik döst auf der Ofenbank, ich liege auf der Yoga-Matte meiner Frau, die Frauen sehen aus dem geöffneten Fenster, das sie am frühen Morgen freigeschippt haben, »mal lüften hier, die Muffelbude«, aus der Ferne weht ein steifer Wind Motorengeräusche und Kinderlachen zu uns.

»Psscht!«, sagt Sabine in die Stille. »Hört ihr das? Das sind doch Motorgeräusche? Da lachen doch Kinder?« Regungslos lauschen wir in die Schneelandschaft. Motorengeräusche. Kinder lachen. Wir rennen los.

Aus dem Haus, durch den Hohlweg, aufs Dach. »Hallo! Hilfe! Hier sind wir!« Wir springen auf und ab, um uns bemerkbar zu machen, auf unserer Schneeinsel im Schneemeer, es ist nur leider kein Schiff zu sehen, dass uns bemerken könnte. Es ist auch kein Motorgeräusch mehr zu hören, das Kinderlachen ist verstummt. »Raketen!«, rufe ich. »Wir müssen Raketen abfeuern!«

»Die sind doch für heute Abend«, mault Raik, fängt einen Blick von Sabine und ist umgestimmt: »Raketen, super!«

Kurze Zeit später stehen wir wieder auf dem Hausdach, vier Michelin-Männchen im wärmenden Zwiebel-Look, schwerfällig drücken wir leere Rotweinflaschen in den Schnee, fädeln die Holzstäbe der Raketen in die Glashälse, feierlich wird die Feuerzeugflamme an die Zündschnur der ersten Rakete geführt. Es zischt, und kleine Funken stieben in den Schnee, mit einem ungeduldigen Fauchen schießt die Rakete pfeilschnell in den Himmel, verschwindet in der frühen Nachmittagsdämmerung. Still liegt das Land. »Das war wohl ...«, Raik wird unterbrochen von einem lauten Knall, es folgt ein Prasseln und noch ein Knall, und am Himmel entfaltet sich eine prächtige Blüte, golden, grün und rot sprühen die Funken, erblühen zu zarten Blütenblättern, die gleich darauf in einem Silberregen in sich zusammenfallen, sich auflösen, Rauchstreifen sinken kräuselnd zu Boden.

»Kannste nix sagen, 6 Euro 50 pro Stück, aber das lohnt sich, oder?«, sagt Raik und dreht sich zu uns um. Er steht mit dem Rücken zum Tannenwald, aus dem sich in diesem Moment lautlos eine gleißend rote Kugel erhebt. »Ja, da staunt ihr, was!«, sagt Raik stolz. Dann folgt er irritiert unseren Blicken in den Himmel über dem Tannenwald. Minutenlang steht die Seenotrettungsrakete über den Bäumen, taucht uns und das Hausdach, die Schneeflächen, den Brunnen, das Plumpsklo, die Hohlwege, Trampelpfade und freigelegten Dächer der Autos in ein unwirkliches Licht.

Wir antworten mit einer weiteren Rakete, warten kurz, und da! Wieder steigt hinter dem Wald ein ruhiger, roter Mond auf. »Es gibt Leben auf dem Mars«, sagt Sabine.

Wir Jungs lassen uns nichts anmerken, als wir die Stelle passieren, an der wir gestern kehrtmachten. Keine zehn Minuten später endet der Wald zu unserer Überraschung, ein paar Schritte noch aus dem Gehölz, und da steht ein Haus auf freier Schneefläche. Drei flachsblonde Kinder winken wie wild hinter beschlagenen Fensterscheiben, grinsen zahnlückig. Auf der Treppe zum Haus steht ein Riese in klobigen, grünen Gummistiefeln und einer grünen Steppjacke. In der linken Hand hält er eine Signalpistole, vorn am Lauf ist eine rote Plastikpatrone aufgeschraubt. Er kommt auf uns zu, lächelt und reicht uns die rechte Hand. »Mattsson, Gustav Mattsson.«

Es ist eng geworden am kleinen Tisch in der Stube, die Fremden essen mit großem Appetit, die Kinder staunen mit offenen Mündern über die Tischmanieren der Besucher, die alles einatmen, was sie vorgesetzt bekommen. Ebba Mattsson freut sich. Immer wieder hebt sie einladend die Platte mit den Räucherfischen hoch, reicht dunkles Kavring-Brot und bunt leuchtende Mayonnaisen, lacht: »Alles eigene Produktion! Sie müssen Hunger haben! So viele Tage!«

»Sie und Ihr Mann sprechen ausgezeichnetes Deutsch!«, bemerke ich kauend.

»Nja, geht so, im Sommer haben wir viele Touristen aus Deutschland bei uns in der Gegend.«

»Manchmal auch im Winter, wie wir jetzt sehen!« Herr Mattsson lacht und schenkt Johannisbeerschnaps nach. »Sonst treibt der Hunger im Winter nur die Wölfe aus dem Wald.« Er lacht und lacht und schlägt begeistert mit der flachen Hand auf den Tisch, »war nur Spaß!« Frau Mattsson sieht ihren Mann strafend an und lächelt dann kopfschüttelnd den Gästen zu: »Leif hat uns nicht gesagt, dass er jetzt auch im Winter vermietet, sonst hätten wir euch früher eingeladen, ich verspreche!«

Herr Mattsson und seine Kinder klatschen Beifall, als Ebba Mattsson kurze Zeit später einen mächtigen Hackbraten aus der Küche hereinträgt: »Biff à la Lindström auf meine Art!« Wir klatschen begeistert mit.

Dicke Scheiben des saftigen Bratens im knusprigen Speckkleid, mit Roter Bete und salzigen Kapern im Hack, werden auf Tellern verteilt, in duftender Steinpilzsauce ertränkt, dazu werden Gewürzgurken gereicht. Es ist längst nicht mehr der Hunger, der uns schnell um Nachschlag bitten lässt.

»Wer raucht, Männer?«, ruft Gustav, als seine Frau Zimtschnecken mit Rahm und dampfenden Kaffee serviert. Ich begleite den Fischer hinaus auf die Veranda, er bietet mir eine Zigarette an, ich winke dankend ab: »Ich habe mit dem Rauchen aufgehört.«

Gustav zieht die buschigen Brauen kraus: »Was für ein großer Unfug, Junge!« Dann zuckt er die Schultern, entzündet die Filterlose, zieht genüsslich und lacht eine große Rauchwolke in die Nacht.

»Wo schwimmen eigentlich deine Forellen, Gustav?«

Er zeigt auf die weite Schneefläche vor uns.

»Und was machst du im Winter?«

»Es gibt immer etwas zu tun, das der Sommer liegen gelassen hat. Und im Winter verdiene ich mein Geld mit Schneefahrten. Ich räume jeden Tag die Straße von hier nach Krolleby.«

Räumdienstfahrer Gustav Mattsson versteht meinen Blick falsch: »Ja wirklich! Hinter dem Haus hab ich meinen Unimog. Mit Schaufel!«

»Es gibt eine geräumte Straße nach Krolleby?«, ich hake nach.

»Es ist sogar die Hauptstraße! Im Sommer geht sie auch noch

ganz durch den Wald bis zu euch hoch. Von hier …«, Gustav wiegt den breiten Kopf, »… zehn Minuten in die Stadt.« Ich folge seinem Fingerzeig, rechts vom Haus zieht sich im Mondlicht eine breite Piste durch den glitzernden Schnee, verliert sich in der Ferne.

Gustav Mattsson lacht, drückt die Zigarette im Schnee aus und hebt sein halb volles Schnapsglas grüßend in die Luft: »Ihr müsst irgendwie falsch abgebogen sein.«

EBBA MATTSSONS »BIFF À LA LINDSTRÖM«

ZUTATEN

Für 6 Personen

120 g Zwiebeln
200 g gekochte Rote Bete
500 g Rinderhackfleisch
20 g Kapern aus dem Glas, abgetropft
1 El scharfer Senf
1 Ei (M/L)
Salz
Pfeffer
125 g Bacon in Scheiben
15 g getrocknete Steinpilze
300 ml Gemüsebrühe
250 ml Schlagsahne
200 g braune Champignons
2–4 El trockener Weißwein
2–4 El Fix-Saucenbinder (hell oder dunkel)
6 Gewürzgurken

ZUBEREITUNG

1.

Zwiebeln und Rote Bete fein würfeln und beides mit Hack, Kapern, Senf und Ei in eine Schüssel geben. Mit Salz und Pfeffer kräftig würzen und gründlich verkneten. Baconscheiben leicht übereinanderlappend nebeneinander auf einem Brett ausbreiten. Das Hackfleisch zu einem Laib formen und darauflegen.

2.

Die Baconscheiben über dem Hack-Laib zusammenlegen. Den Hackbraten im Speckmantel jetzt umdrehen und mit der Specknaht nach unten auf ein Blech mit Backpapier setzen. Im heißen Ofen bei 200 Grad 1 Stunde garen.

3.

Die Steinpilze mit einer Schere in feine Stücke schneiden und mit Brühe und Sahne in einem kleinen Topf offen 40 Minuten leise einkochen. Champignons in dünne Scheiben schneiden und nach Ablauf der Kochzeit zur Sauce geben. Nochmals 5 Minuten offen kochen. Die Sauce mit Weißwein, Salz und Pfeffer abschmecken und je nach Geschmack mit Fix-Saucenbinder nach Packungsanweisung binden.

4.

Gewürzgurken halbieren, die Hälften in Fächer schneiden. Den Braten in Scheiben schneiden und mit Sauce und Gewürzgurken servieren.
Ebba Mattsson serviert als Beilagen am liebsten gebutterte Erbsen und Salzkartoffeln.

Tipp

Je nach Saison lässt sich die Pilzsauce variieren, z. B. mit frischen Steinpilzen, Pfifferlingen oder gemischten Pilzen. Für eine schnelle Alltagsvariante schmeckt die Sauce auch hervorragend zu Köttbullar-Fleischbällchen aus der Pfanne.

Zubereitungszeit

1 Stunde und 15 Minuten

VON DER KUNST, EIN LINSEN-GERICHT ZU KOCHEN

Die Morgenandacht ist vorbei, hastig leeren die Köche ihre Kaffeetassen, kauen, schon im Gehen begriffen, an Marmeladenbrötchenresten, jeder weiß, was er heute zu tun hat, jetzt. Im Türrahmen dreht sich der Alte noch mal um, lässt den Aufbruch kurz zum Stillleben gefrieren: »Ach so, eine Sache noch. Kein Personalessen extra kochen für heute Mittag, es gibt Linsen, Herr Dreher, du bereitest das bitte schon mal vor.« Die Köche lachen. Sie freuen sich auf das Linsengericht.

»Haben Sie sich meine Zeugnisse gar nicht angesehen?« Der Bewerber trägt einen Ton der Entrüstung in der Stimme, der dem Alten durchaus aufgefallen ist: »Doch, doch. Alles beste Adressen, viele berühmte Kollegen, eine beeindruckende berufliche Vita, Herr Sänger. Aber wissen Sie, ich schreib ja selbst Zeugnisse, da hört man irgendwann auf, die Dinger ernsthaft zu lesen.«

»Ich habe sogar mal ein Praktikum bei Ferran Adrià gemacht!«, platzt es aus dem Bewerber.

»Das haben viele, Herr Sänger, ich bezweifle aber stets, dass die auch alle verstanden haben, was der hochgeschätzte Kollege da in seiner Küche veranstaltet.« Noch während er spricht, zeichnet der Alte mit beiden Händen die Umrisse eines imposanten Quaders in die Luft: »So viele Bewerbungen bekomme ich hier rein. Täglich. Die allermeisten können einen beeindruckenden Marathon der Kochstationen und Engagements vorweisen, viele davon sind sogar deutlich länger in den einzelnen Restaurants geblieben als Sie, Herr Sänger, wenn ich mir das so anschaue, haben Sie es, Moment …«, der Alte raschelt mit den Bewerbungsunterlagen, ohne den Kandidaten aus den Augen zu lassen, »… in kaum einem Restaurant länger als ein Jahr ausgehalten. Das spricht nicht gerade für Konstanz. Sie sind hier, weil mich Ihr

Hobby überrascht hat. Sie schreiben, Sie würden in Ihrer Freizeit sehr gerne Minigolf spielen. Das fand ich lustig.« Dem Bewerber will der Mund nicht mehr zugehen, Stille breitet sich im fensterlosen Küchenbüro aus, der Alte mag die Ruhe.

»Ich spiele Turnier-Minigolf!«

»Ein bisschen Wettbewerbsgeist schadet nie, Herr Sänger, bravo!« Lachend quert der Alte auf dem rollenden Bürostuhl das Kabuff, bremst vor dem Wandregal, greift eine gebügelte Kochjacke heraus und wirft sie dem Bewerber zu: »Bei uns geht es um ganz andere Dinge, Herr Sänger. Wir zwei Hübschen machen jetzt mal spontan ein kleines Probekochen, ziehen Sie mal die Jacke über, da steht jetzt noch mein Name drauf, vielleicht ja dann bald Ihrer«, der Alte hat Spaß.

»Probekochen? Aber ich bin doch …«

»Ich weiß«, sagt der Alte, er lacht jetzt nicht mehr.

Als sie die Wendeltreppe zur Küche hinaufsteigen fällt dem Bewerber noch was ein: »Ist das toll, hier so mit Ihnen durch die heiligen Hallen zu laufen, ich liebe Ihre Küche, wie Sie mit modernsten Kochtechniken aus der klassischen französischen Küche heraus immer wieder Neues entwickeln, diese Aromenküche, diese Fusion der Weltenküchen. Ohne Grenzen! Meisterhaft, da möchte ich gerne dabei sein!«

Der Alte geht vorweg, und als er die Küche betritt, sehen seine Jungs, dass er mit den Augen rollt. Vorfreude macht sich breit. »Herr Sänger. Das ist der Herr Dreher, mein Entremetier, und der überlässt uns jetzt mal kurz seinen Posten, damit Sie uns hier schön *Saure Linsen* kochen, und ich guck zu.«

»Saure … was?«

»*Saure Linsen.*«

»Saure Linsen. Ich weiß jetzt, glaube ich, grad gar nicht, was ...«

»Herr Sänger. Wir sind hier in Baden-Württemberg, das wäre im Fall Ihrer Einstellung auch Ihre neue Heimat, und *Saure Linsen* mit Spätzle sind das Nationalgericht der Schwaben und ein Klassiker der deutschen Küche, das müssen Sie doch schon mal gehört haben, Herr Sänger, oder?«

»Ja, jetzt wo Sie es sagen«, sagt zögerlich der Kandidat, den Blick nach innen gekehrt. Herr Dreher drückt ihm ein vorbereitetes Serviertablett mit ausgesuchten Zutaten in die Hand: »Zur Inspiration während der Rezeptfindung hier ein paar Vorschläge unsererseits, Herr Sänger.« Der Alte schenkt schulterklopfend Ermutigung, »Los geht's!«

Der Kandidat schiebt einen großen Topf mit Wasser auf das schwarz gebrannte Gestänge des Gasherdes, gibt Salz hinein, dreht auf, entzündet die Flamme und greift zu der Schüssel mit den getrockneten Linsen. »Schon falsch!«, ruft der Alte, und Herr Dreher räumt den Kessel wieder ab: »Wir kochen die Linsen immer in ungesalzenem Wasser, sie garen dann schneller und gleichmäßiger. Zuerst aber sehen wir uns die Linsen an. Haben Sie sich die Linsen angesehen, Herr Sänger?« Der Alte greift in die Schüssel, rührt behutsam in den hellen, braungrünen Hülsenfrüchten: » Hören Sie mal. Fühlen Sie mal!« Ein leises, gleichförmiges Rauschen ist zu hören, wie feiner Regen in einem dichten Blätterwald, der Alte zieht die Hand aus den Linsen, zwischen Zeigefinger und Daumen klemmt ein winziger, schwarzer Stein. »Ein winziges Stück der Erde, auf denen diese Linsen gewachsen sind. Das kann passieren. Dieses Steinchen müssen Sie aber finden, Herr Sänger, bevor es der Gast tut.« Der Kandidat nickt knapp, würfelt Schalotten, Möhren und Sellerie in perfekt gleichkantige Würfelchen, produziert dabei aber viel Abfall.

»Sehn Sie mal, alleine hier der Schalottenstrunk, was da noch dran ist, damit belege ich Ihnen noch einen ganzen Zwiebelkuchen!«, erklärt der Alte. »Noch mal zu den Linsen, woher kommen die denn überhaupt?«, eine Fangfrage, deren Beantwortung der Alte nicht abwartet: »Von der Schwäbischen Alb«, ruft er triumphierend, »das haben Sie nicht gewusst, oder!« Und dann erzählt er jene Geschichte, die seine Küchenmannschaft in letzter Zeit schon öfter gehört hat: »Schon 500 Jahre vor Christus wurden auf der Schwäbischen Alb Linsen angebaut, auf den kargen Böden der Hochebene gedieh die genügsame Pflanze bestens. Das, lieber Herr Sänger, ist auch der Grund, warum die Linse das Nationalgericht der Schwaben ist, die Linse gibt's schon ewig hier!« Zärtlich streicht der Alte über das Nationalheiligtum: »Die sind erst in der Wirtschaftswunderzeit der Fünfziger- und Sechzigerjahre aus der Region verschwunden und gerieten beinahe in Vergessenheit«, der Alte betrachtet lange eine einzelne Linse, die er sich auf den Zeigefinger gesetzt hat, hellbraun mit einem zarten, grünen Schimmer. »Dass Sie, Herr Sänger, heute wieder mit dieser großartigen Linse arbeiten dürfen, verdanken Sie einer Handvoll schwäbischer Idealisten, Biobauern und Ökologen, die ab Mitte der Achtziger über zwanzig Jahre lang nach der Ur-Alblinse forschten. Die Dinger waren nämlich verschwunden, im Jurassic Park der Evolution! Die Jungs sind dann da durch Heuschober gekrochen und auf Dachböden von Bauernhöfen, die sind rumgereist in der Welt, die haben nicht aufgegeben, Herr Sänger.« Mit einer Schaumkelle schöpft der Alte den entstandenen Eiweißschaum von der Oberfläche des Linsenkochwassers, ruhig und konzentriert, kein Wölkchen bleibt zurück. »Erst 2006 wurden die Alblinsen zufällig im Wawilow-Institut in St. Petersburg wiedergefunden Das ist eine der größten Gendatenbanken der Welt. Die Linsen waren dort, mit einem Schreibfehler versehen, falsch abgelegt worden. *Alpenlinsen* stand auf den archivierten Proben«, der Alte hebt die tropfende Schaumkelle in die Höhe, ein Ausrufezeichen: »Aus einer Handvoll Samen gelang in jahrelanger, mühsamer Arbeit der Wiederanbau der Alblinse mit kleinsten Erträgen. Sie arbeiten hier mit einem sehr raren Produkt von höchster Qualität, vermasseln Sie es nicht, Herr Sänger.«

Ein Butterwürfel zerläuft wispernd in der tiefen, schwarzen Pfanne, der Kandidat gibt die Gemüsewürfel hinein, rührt um und greift zur Weinflasche.

»Was wird das?«, fragt der Alte scharf, zieht die Pfanne vom Feuer und hält schützend eine Hand über den Gemüseansatz.

»Ich wollte mit Weißwein ablöschen, das gibt später eine schöne Säure an die Linsen. Und überhaupt«, der Kandidat verliert die Contenance, »ich werd ja wohl noch so ein Linsengericht hinkriegen, das ist doch albern hier, ich habe in den besten Häusern der Republik gekocht und muss mich jetzt hier vorführen lassen?«

Er merkt nicht, dass es leiser geworden ist in der Küche. Hier und da ist der verunglückte Versuch eines unterdrückten Lachens zu hören, die Köche arbeiten ansonsten möglichst geräuschlos, hochgezogene Augenbrauen stoßen an die schweißgetränkten Ränder der Kochmützen, alle Gespräche und Kommandos sind verstummt, die Augen ruhen auf dem Alten. Der steht bewegungslos, die Hand noch immer am Pfannengriff, er geht einen Schritt auf den Kandidaten zu, fängt dessen Blick und hält ihn fest: »Sind Sie fertig?«

Der Kandidat ist nicht fertig: »Ist doch wahr! Es führen doch viele Wege zum Gericht, es gibt doch keine einzig wahrhaftige Rezeptwahrheit, Sie wollen doch sehen, was ich kann, lassen Sie mich doch mal machen.«

»Das habe ich gerade getan, Herr Sänger.« Der Alte schiebt seufzend die Pfanne zurück auf den fauchenden Flammenkreis, wartet, bis die Butter wieder zu hören ist. »Treten Sie beiseite, Herr Sänger.« Mit ruhigen Bewegungen rührt der Alte das Gemüse, bis es glänzt, lässt braunen Zucker darüberrieseln und rührt weiter, bis der Zucker geschmolzen ist: »Warum sind Sie hier, Herr Sänger? Wollen Sie ein weiteres Zeugnis für Ihre Sammlung? Oder wollen Sie etwas lernen, weiterkommen? Dann fangen Sie jetzt damit an.«

»Zucker hätte ich später auch dran gemacht.«

»Nicht später. Jetzt. Und nicht irgendwelchen Zucker. Braunen Zucker.« Es hat sich eine Ungeduld eingeschlichen in die Stimme des Alten. »Alles, Herr Sänger, alles beim Kochen hat seinen perfekten Zeitpunkt. Nichts, was wir beim Kochen tun, tun wir der Zufälligkeit zuliebe, jede Zutat verlangt unsere höchste Aufmerksamkeit, jedes Detail ist wichtig. Herkömmlicher Zucker süßt nur, der braune Zucker bringt ein feines, malziges Aroma mit, das ich in meinem Linsengericht haben möchte und das mein Linsengericht von anderen unterscheidet. Ich gebe den braunen Zucker jetzt schon dazu, damit er leicht karamellisiert, auch das ergibt eine ganz andere Süße und Intensität, als später einfach mit Zucker nachzuschmecken.« Der Alte dreht sich um, prüfend, ob der Kandidat auch zuhört. »Kochen ist die Summe vieler einzelner Kleinigkeiten von ungeheurer Wichtigkeit.« Der Alte rührt Tomatenmark unter das Gemüse, »auch das lasse ich jetzt kurz mitschmoren«, dann gießt er Rotwein an, es zischt kurz, schon ist ein sattes Blubbern zu hören. »Es ist ein guter Rotwein von hoher Qualität, er ist aus unserer Gegend, er kommt vom Bodensee, ich habe ihn für dieses Gericht ausgesucht. In meiner Küche gibt es keine billigen Allzweck-Kochweine.«

»Also den Unterschied schmeckt doch der Gast nun wirklich nicht.«

»Das mag sein, Herr Sänger. Es ist aber mir wichtig.«

Während der Rotwein einkocht, bereitet der Alte die Würze vor: »Welche Gewürze würden Sie an die Linsen geben, Herr Sänger?«

»Lorbeer und Majoran, Pfeffer, eventuell etwas Thymian.« Das kam wie aus der Pistole geschossen, ein Streber ist er auch noch, denkt der Alte, einer von denen, die sich schon in der Schule immer ganz weit über das Pult zum Klassenlehrer hin gebeugt hatten, die aufgeregt schnipsend den langen Arm durch die Luft wirbelten, vor Halbwissen strotzend, nach Anerkennung heischend, grauenhaft.

»Und wenn Sie das Linsengericht jetzt neu interpretieren wollten, bleibt es dann bei der von Ihnen vorgeschlagenen Würzung?«

»Nein, dann würde ich da natürlich ganz anders rangehen! Die Linsen eventuell als feinporigen Flan, so eckig geschnitten, mit einer Balsamico-Infusion und schaumiger Lorbeerluft, beispielsweise.«

Hannes, der Spüler, bricht als Erster in ein ansteckendes Gelächter aus, das sich schnell auf den Weg durch die ganze Küche macht, bis hinüber in die Pattiserie schwappt. Nur der Alte lacht nicht, im Mörser zerreibt er schwarze Pfefferkörner und Piment, verrührt den duftenden Rieb eilig mit einem Stück weicher Butter, »damit uns die ätherischen Öle nicht abhauen!« Er würfelt Knoblauch, reibt Zitronenschale hauchfein, alles geht immer sofort in die Butter, auch das edelsüße Paprikapulver, der frisch gehackte Majoran und das Bohnenkraut, zum Schluss etwas Kartoffelstärke.

»Mehlbutter, ich glaub's nicht!«, ruft der Kandidat gespielt echauffiert und glaubt es nicht, der Alte schüttelt den Kopf und gießt würzige Gemüsebrühe zum Rotweinansatz. Mit einem Löffel fischt er wenige Linsen aus dem Kochwasser, hält den Löffel vor das Gesicht des Kandidaten: »Probieren.«

»Die haben aber noch leichten Biss, gar nicht gut bei Hülsenfrüchten, jedes Böhnchen gibt ein Tönchen, nicht wahr!«, der Kandidat lacht alleine, der Alte gießt die Linsen ab und gibt sie in den kochenden Fond.

»Die schmoren wir jetzt hier drin noch schön weich, die saugen jetzt erst die Aromen richtig auf.« Er würfelt den gewaschenen Lauch auf dem Tablett und gibt auch den zum Linsengericht, das leise köchelt: »Der wäre jetzt grau und würde leimig schmecken, wenn ich den gleich zu Beginn mit den anderen Gemüsen mitgekocht hätte.« Minuten später rührt er die Gewürzbutter ein, ein warmer, würziger Duft steigt auf, langsam dicken die Linsen ein, der Alte schmeckt mit Rotweinessig und Salz ab. »Und jetzt Finale, Herrschaften!«, der Alte öffnet eine gelbe Sardellendose, auf der drei Zwerge mit Rauschebärten abgebildet sind, er fischt zwei rotbraune Filets aus dem Olivenöl, gibt einen Teelöffel Kapern mit aufs Arbeitsbrett, hackt die Kapern und den Fisch sehr fein, rührt alles unter das fertige Linsengericht, würzt mit Salz. »Probieren!«

»Sch... du liebe Güte, Sie haben da gerade Sardellen in die Linsen ...«

»Probieren.«

»Also, einem Schwaben dürften Sie seine Linsen aber sicher nicht mit Sardellen und Kapern servieren«, der Kandidat lacht unsicher.

»Herr Sänger, wir Schwaben sind weltoffener, als Sie es vielleicht für möglich halten, und wir sind pragmatische Genießer: Wenn's schmeckt, schmeckt's halt.«

Der Kandidat führt vorsichtig einen Löffel der Sauren Linsen zum Mund, pustet, kostet, schließt die Augen, kaut und schluckt und öffnet die Augen wieder, Erstaunen im Blick: »Das ist genial! Nichts schmeckt vor, es ist rund, es hat eine unglaubliche geschmackliche Tiefe, Süße und Säure sind perfekt ausbalanciert, die Linsen cremig. Das ist genial!«

Ein Schleimer. Wusste ich doch gleich, denkt der Alte und sagt: »Das ist Kochen.« Und nach einer Pause: »Dazu passt jetzt ein gebratener Steinbutt genauso wie Saitenwürstchen und Spätzle, das geht sogar sehr schön ohne alles.«

»Also toll! Und wie geht's jetzt weiter?«

»Wir gehen jetzt erst mal wieder in mein Büro zurück, Herr Sänger, da können Sie dann auch die Kochjacke ausziehen, und wir unterhalten uns da noch mal über Ihre Zukunft.« Mit einer hebelnden Armbewegung schaufelt der Alte den Kandidaten aus der Küche, dreht sich an der Spülküche noch mal um: »Jungs, läuft einer von euch bitte geschwind zum Metzger, ich glaub, wir brauchen da noch ein paar Würschtle heut Mittag.«

»Oui, Chef.«

Die Küchenmannschaft weiß, dass sie den Kandidaten nicht wieder sehen wird. Nur wer den Linsentest halbwegs übersteht, ist eine Runde weiter, darf auch noch versuchen, Spätzle von einem Holzbrett zu schaben und wird danach, ganz eventuell, eingestellt. Zuletzt gelang das Herrn Dreher. Der schlägt nacheinander ein Dutzend Eier in eine große Schüssel und seufzt: »Gut. Mach ich halt die Spätzle mal wieder selber. Hannes, holst du bitte gleich die Würstchen, Personalessen in einer halbe Stunde, Jungs.«

LINSEN NACH ART DES ALTEN

ZUTATEN

Für 6–8 Personen

500 g kleine grüne Alblinsen (Alb Leisa), ersatzweise Puylinsen
Je 200 g Möhren, Sellerie und Zwiebeln
100 g Butter
40 g brauner Zucker
30 g Tomatenmark
300 ml trockener Rotwein
1 unbehandelte Zitrone
1 Knoblauchzehe
20 schwarze Pfefferkörner
10 Pimentkörner
4 Zweige Majoran (wahlweise 1 Tl getrockneter Majoran)
2 Zweige Bohnenkraut (wahlweise 1/2 Tl getrocknetes Bohnenkraut)
1 El Paprikapulver, edelsüß
1 Tl Kartoffelmehl
1 Liter Gemüsebrühe
150 g Porree
Salz
1–3 El Rotweinessig, ersatzweise Apfel,- oder Weißweinessig
10 g Kapern, aus der Lake
2 Sardellenfilets

ZUBEREITUNG

1.
Die Linsen in 1,5 Liter Wasser 25 Minuten kochen.

2.
Für die Rotweinreduktion die Möhren, Sellerie und Zwiebeln putzen, schälen und fein würfeln. 80 g Butter in einem zweiten Topf schmelzen, die Gemüse darin glasig dünsten. Mit braunem Zucker bestreuen und schmelzen lassen. Tomatenmark unterrühren und 1 Minute mitdünsten. Mit Rotwein auffüllen und offen 10 Minuten leise einkochen.

3.
Für die Gewürzbutter von der Zitrone 1 El Zitronenschale fein abreiben, Knoblauch grob würfeln und beides mit den Pfefferkörnern und dem Piment in einem Mörser zerdrücken und mit 20 g Butter fein zerreiben. Majoran und Bohnenkraut fein hacken und mit dem Paprikapulver und dem Kartoffelmehl unter die Butter rühren. Beiseitestellen.

4.
Die vorgegarten Linsen abgießen und mit der Gemüsebrühe zur Gemüse-Rotwein-Reduktion geben. 10 Minuten offen kochen.

5.
Porree längs halbieren, gründlich waschen und fein würfeln. Zu den Linsen geben und weitere 5 Minuten offen kochen.

6.
Die Gewürzbutter unterrühren und weitere 10 Minuten offen kochen. Mit Salz würzen und mit Rotweinessig leicht säuerlich abschmecken. Kapern und Sardellen hacken und unter das Linsengericht rühren.

Tipp

Dieses Linsengericht schmeckt am besten in großer Menge gekocht, es reicht üppig für 6–8 Personen, lässt sich aber auch sehr gut einfrieren oder anderntags mit etwas Gemüsebrühe und/oder Sahne zur Linsensuppe verlängern.

Zubereitungszeit

1 Stunde

ALTE SCHULE

»Und? Wie läuft's in der Schule?«, frage ich, Ermunterung in der Stimme. Irgendwie klinge ich gerade wie meine eigenen Eltern. Da ich aber ungeübt darin bin, mit einem Sechsjährigen ins Gespräch zu kommen, wähle ich die für mich naheliegendste Frage zu den Lebensumständen eines Sechsjährigen, während ich in der Küche die Einkäufe auspacke. Leo fixiert mit verbissener Mine sein Smartphone, drückt auf dem Bildschirm rum. Vielleicht hat er mich ja nicht gehört.

»Und, wie läuft's in der Schule?«

»Gut«, sagt mein Patenkind ohne aufzusehen.

»Mehr sagt er selten, mach dir nichts draus«, Andrea zuckt die Schultern, umarmt mich. »Wir müssen dann jetzt los, Bier und Wein stehen im Kühlschrank.« Falk zerquetscht mir die Schulterkugeln, schüttelt mich zum Abschied ergriffen durch: »Geil, Alter, dass du das für uns machst! Tschüss! Und viel Glück!«

»Viel Spaß im Konzert!«, wünsche ich den beiden, während ich mir überlege, warum man mir viel Glück gewünscht hat. Falk spielt in der Küchentür noch kurz einen Hammer-Akkord auf der Luftgitarre, dann sind Leos Eltern verschwunden. Leo sitzt am Küchentisch.

»Was spielst du denn da?«, frage ich.

»FIFA 10«, antwortet der Kleine, müde vom vielen Reden und meinen doofen Fragen, auf dem Bildschirm läuft ein Fußballspiel. Durch die lange Glasfront der Küche sehe ich hinaus in den gepflegten Garten der Villa, der Teich funkelt in der Abendsonne, im Kunstflug pickt ein Schwarm Schwalben Mücken von der Wasseroberfläche.

Ein fremdes Leben ist das, in dem ich hier stehe, und doch ist es das Leben meiner Freunde, mit denen ich eben noch durch die

Clubs getorkelt bin. Wir kochten Spaghetti mit scharfen Peperoncini, Knoblauch und Olivenöl, in der Morgensonne eines neuen Tages, dazu ein letztes Glas süßen Wein aus bunten, achteckigen *Leonardo*-Gläsern, die Küche der Wohngemeinschaft gefüllt mit Gelächter und Lebensglückseligkeit und die Gedanken an Baum, Kind, Haus in weiter Ferne.

Ich habe immer noch keinen Baum gepflanzt, kein Kind gezeugt, kein Haus gebaut. Ich bin gern zu Gast im Leben von Andrea und Falk, staunend sehe ich mich um in ihrem Lebensentwurf, und wenn wir hin und wieder zusammen kochen und dabei unanständig viel Wein trinken, spüren wir, dass es Freundschaft ist, die uns zusammenhält, nur die Größe der Küche und der Inhalt der Weingläser haben sich geändert.

»Ich habe Hunger«, sagt Leo.

Dass er eigentlich gar nichts esse, hatte mir Andrea erklärt, außer Spaghetti mit Tomatensauce, die Sauce aber ohne Kräuter und Knoblauch, dafür mit einem Ketchup-Anteil von mindestens 80 Prozent abgeschmeckt und bitte separat zu den Nudeln serviert, die wiederum nur mit Speiseöl, nicht mit Butter oder Olivenöl, zu vermengen sind und zwingend versalzen sein müssen.

Alternativ ginge auch ein Nudelsalat über die Lippen ihres Sohnes, begleitet von heißen Würstchen der Marke *Liliput Wienerle* und wirklich nur die bitte und bitte nicht zu heiß, sondern essfertig temperiert. Da auch ich heute Abend einen Happen essen möchte, habe ich mich für den Nudelsalat mit Würstchen entschieden, ich mache einen wirklich hervorragenden Nudelsalat, den ich *Nudelsalat Alte Schule* nenne und der schmeckt *like it's 1979*! Stolz präsentiere ich Leo meine Einkäufe, alles da,

Spiralnudeln, Erbsen, eingelegte rote Paprika, Gewürzgurken, Dosenmais, Frühlingszwiebeln. Stolz winke ich mit einer Packung *Liliput Wienerle*, mir habe ich eine Krakauer-Wurst vom Metzger mitgebracht.

Hinter Leo steht die Selbstverständlichkeit und rollt mit den Augen: »Du hast die Mayonnaise vergessen.«

»Die machen wir selbst!«

Leo klopft sich mehrfach mit dem Zeigefinger auf die Stirn.

Während ich die Nudeln koche und die Mayonnaise anrühre, spielt Barcelona gegen Manchester United, begleitet von einem überhaupt nicht jugendfreien Schimpfwörter-Vokabular, das auch mir neue Perspektiven eröffnet. Hinter den Panoramafenstern verabschiedet sich eine feuerrote Sonne, links am Horizont bauen sich bedrohlich schwarze Wolkentürme auf, die Birken entlang der Auffahrt liegen bereits gebückt im Wind, da kommt heute noch was runter. Lauwarm mische ich die Nudeln unter die würzige Mayonnaise, die ich mit Eigelb, Senf und einer Mischung aus Olivenöl und Sonnenblumenöl aufgezogen habe, schmecke mit Meersalz, Paprikapulver, Weißweinessig und einer Prise Curry nach. Das muss jetzt durchziehen, ich erwärme die Würstchen im Topf, erst die Krakauer alleine, dann gebe ich die fingerdünnen Würstchen für Leo dazu.

Aus dem Nichts ein Krachen, als wäre ein Flugzeug ins Nachbarhaus gerauscht, Blitze erhellen die Küche und das sich anschließende Wohnzimmer. Lang anhaltendes Donnergrollen, dann folgt der nächste Blitz. Das Küchenlicht flackert.

»Und, Leo, hast du Angst vor Gewitter?«, frage ich ängstlich.

»Nö«, sagt Leo und dann sagt er: »Verfickter Barça-Kackenscheißdreck!«

Draußen ist die Hölle los, der Wind durchkämmt den Garten jetzt von allen Seiten, ein gelber Sonnenschirm fliegt durchs Bild und landet im Teich, im Sekundentakt erhellen Blitze die Nacht. Ich mache einen Kontrollgang durchs Haus, vom Keller über die Garage bis hinauf in den zweiten Stock, kontrolliere jedes Zimmer, alle Fenster sind geschlossen. Als ich zurückkehre, kaut Leo an einer Toastscheibe. »Wie jetzt? Ich dachte, du magst Nudelsalat?«

»Der schmeckt nicht.«

Ich bin ein bisschen beleidigt: »Wie, der schmeckt nicht? Und was ist mit den Würstchen, das sind doch deine Lieblingswürstchen?«

Mit dem Finger zeigt er auf meine Krakauer, die zwischen den *Liliput Wienerle* schwimmt wie ein großes, altes Krokodil: »Meine Würstchen sind kontaminiert«, stellt Leo fest.

Kontaminiert. Ich bin beeindruckt.

Das mit dem Einschlafen klappt fantastisch, viel besser als das Zähneputzen. Kaum habe ich ein paar Sätze aus dem Buch *Die Wilden Fußballkerle – Leon der Slalomdribbler* gelesen, ist Leo auch schon eingeschlafen. Andreas Plan ist voll aufgegangen: »Wir haben ihn heute nach dem Fußballtraining direkt noch in die Schwimmhalle gefahren!«, hatte sie mir zwinkernd verraten.

Ich nehme mir noch einen Teller vom Nudelsalat und mache mir, der handschriftlichen Gebrauchsanweisung von Falk folgend, den Fernseher an. Fanfaren ertönen, der riesige Flachbildschirm beginnt zu leuchten, wie ein Vorhang schiebt sich das Schwarz der Mattscheibe beiseite und gibt die bewegten Bilder frei, Punktlandung zur Tagesschau im digitalen 3D-Surround-Sound. Aber nur kurz. Ein Donnerschlag, das Haus bebt, die Lichter flackern, Hagelkörner prasseln in senkrechtem Sturzflug auf die Panoramascheibe, der infernalische Lärm wird durchschnitten vom gellenden Kreischen einer Alarmsirene aus dem Bauch der Villa. Alarm. Scheiße.

Ich bin der Babysitter hier. Mein Einsatz. Und das ist nicht mein erster Einsatz. Anfang der Achtziger fanden mich meine Eltern nach einem gemütlichen Stammtischabend, im Treppenhaus sitzend, im Schlafanzug, in der rechten Hand ein Brotmesser mit Wellenschliff, in der Linken die Hundeleine. Daran befestigt schlief unser Zwergschnauzer der drohenden Gefahr entgegen. Mehrmals hatte an diesem Abend das Telefon geklingelt, ich war rangegangen, und niemand hatte sich gemeldet. Nur ein Atmen in der Leitung. Ich hatte mir das Brotmesser und den Hund geholt. Oben schliefen meine jüngeren Geschwister. Niemanden würde ich heraufiassen. Fast hätte ich in dieser Nacht Vater abgestochen.

Ich gehe ohne Brotmesser hinunter in die Garage. Von Lichtschalter zu Lichtschalter schiebe ich mich durch das Haus, die schmalen Treppen zur Garage hinunter, der Ton wird lauter, in der Garage unerträglich. Der BMW steht schwarz und unbewegt, Andrea und Falk sind mit dem Taxi zum Konzert gefahren. Schränke mit Werkzeug. Autoreifen, Pappkartons, ein müdes, unaufgeblasenes Planschbecken, Gartenschläuche. Wer ist hier? Und wo?

Der Junge! Ich renne die Treppen wieder nach oben. Oben ist alles ruhig, von unten kreischt es nachdrücklich weiter. Ich suche die Handynummer des Vaters, er geht ran, flüstert seinen Namen. Ich sehe ihn, die Hand vor dem Handy zu einer Muschel geformt, entschuldigende Blicke ins Rund werfend, in der Schlange vor der Kasse des Clubs.

»Das ist der Feueralarm«, sagt er, und ich stehe augenblicklich wieder in der Garage. Hier brennt nichts. »Rauch?«, fragt er leise. Kein Rauch. Stille in der Leitung. In der Garage ist der Ton kaum zu ertragen, ich halte mir das linke Ohr zu, das Handy vergrabe ich tief in die rechte Ohrmuschel. »Das ist gar nicht der Feueralarm«, flüstert Falk, »das ist der Einbruchsalarm.« Ich bekomme Panik. »Komisch«, sagt die Stimme im Handy, »den hatte ich gar nicht eingeschaltet.« Es will nicht besser werden mit der Panik. Falk leitet mich zu einem Kasten am Aufzug und flüstert eine siebenstellige Nummer. Ich tippe. Eine Ruhe ist das. Wir lachen kurz und legen auf. Meine Kleidung klebt mir am Leib. Ich gehe zurück, nach oben in die Wohnung. Der Junge schläft, hat nichts mitbekommen, wenigstens das, danke Fußballtraining, danke Schwimmhalle!

Ich wähle die Nummer der Liebsten. Es klingelt. Ihre Stimme. Atemloses Erzählen. Nur kurz. In der Garage schlagen die Bewegungsmelder an, heulender Alarm. Da unten ist etwas. Es bewegt sich. »Ich ruf wieder an«, sage ich und drücke die Liebste weg. Ich muss wieder in die Garage. In dieser Gegend gibt es seit Monaten Einbrüche, Autos werden angezündet, Schlafende ausgeraubt, und wer aufwacht, bleibt besser still liegen: Der neuen Generation von Einbrechern ist es egal, ob jemand im Haus ist. Hat man mir so erzählt. Ich geh in die Garage. Dort tippe ich die siebenstellige Nummer ein, die ich mir auf einer Tankquittung notiert hatte. Es funktioniert. In der Stille steht der BMW. Hier ist niemand. Aber vielleicht oben in der Wohnung. Denn genau dort geht in diesem Moment der Alarm los.

Ich werde Leo verteidigen, ich werde für mein Patenkind mein Leben geben. Ich bin ein 37 Jahre alter männlicher Babysitter, ich habe den Job angenommen, ich habe alle Filme zum Thema gesehen, und ich werde am Ende, blutverschmiert, dem Jungen über den Kopf tätscheln, bevor sie mich in den Krankenwagen schieben. »Es ist vorbei«, wird der Cop neben mir sagen und mir wortlos meine Polizeimarke zurückgeben. Seltsamerweise wird auch meine Liebste da sein, ihr Gesicht erleuchtet von tausendfachem Blaulicht, fest hält sie meine Hand, sagt: »Ich liebe dich!«, und steigt zu mir in den Rettungswagen. An der nächsten Kreuzung explodiert der Rettungswagen in einem Feuerball. In der nächsten Szene sieht man uns beide vor einem tollen Haus in einem tollen fremden Land lustwandeln, der Junge kommt uns über sattgrüne Wiesen entgegengerannt, fällt in meine Arme, hebt den Kopf und sagt lachend: »Na, wie ist es, tot zu sein?«

Die Alarmanlage oben ist leiser. Trotzdem, Leo hat schon einen gesegneten Schlaf, muss ich sagen. Siebenstellige Nummer. Das Sirenengeheul bleibt. Ich wähle die Nummer des Vaters. Eine weibliche Computerstimme spricht zu mir, erklärt, Falk Vermeer sei derzeit nicht zu erreichen, freue sich aber darauf, mich zurückzurufen. Ich lege auf, und da taucht es klar vor meinem inneren Auge auf, mein neues Problem. Mal angenommen, die Anlage spinnt. Mal angenommen, es ist niemand im Haus und es brennt auch nicht. Dann werden trotzdem Leute von draußen kommen. Wachdienst. Polizei. Ich kann nicht mal über die Gegensprechanlage mit diesen Leuten sprechen. Die läuft nämlich über das Telefon, und man muss eine bestimmte Tastenkombination drücken, um mit den Leuten am Eingang zu sprechen, hat Falk mir mal ganz stolz erklärt, ich kenne diese Tastenkombination nicht. Die Leute da draußen werden also einen verschwitzten Mann mittleren Alters an den langen Fensterfronten nervös auf und ab gehen sehen, der nicht bereit ist, mit ihnen zu sprechen, obwohl sie seit geraumer Zeit Sturm klingeln.

Ich rufe wieder die Liebste an, gemeinsam bestaunen wir die Ausdauer der Sirenen. Plötzlich, ein Stöhnen aus dem Kinderzimmer, ein tiefes, trauriges Stöhnen, ein Röcheln, ein Keuchen, wie ein verendendes Tier. Ich lasse das Handy sinken. Da keucht nichts, da liegt der Bub und ist aufgewacht, hat jetzt halt ein bisschen Orientierungsprobleme, sage ich mir. Stöhnt er deswegen wie bei einer Teufelsaustreibung? Wellenhoch die Ganzkörpergänsehaut ob dieser Erkenntnis, ich starre in die Dunkelheit, in der irgendwo das Kinderzimmer, das Kind liegen muss. »Hhheeeemmheeeemmööööhheee«, macht es, und ich denke, der Bub wird jetzt gleich rauskommen, verschlafen im knittrigen *Spongebob-Schwammkopf*-Schlafanzug. Er wird mich sehr ernst ansehen, dunkle Ringe um die Augen, die Lider gerötet, und er wird mit fester Stimme sagen: »Ich sehe tote Menschen«, und nach eine Kunstpause: »Die ganze Zeit«, und nach einer weiteren Kunstpause: »Zum Beispiel gerade hinter dir.«

»Bleib dran«, schreie ich in mein Handy und gebe wieder die siebenstellige Nummer ins Alarmanlagenkästchen ein, ich kann sie mittlerweile auswendig. Es ändert sich nichts. Die Sirene heult. Dem Bub wird derweil oben der Teufel ausgetrieben. Ich möchte jetzt bitte nach Hause. Stattdessen gehe ich ins Kinderzimmer. Der Junge schnarcht wirklich außergewöhnlich variantenreich.

Das Telefon klingelt. Es war abgemacht, dass ich nicht rangehe, wenn es klingelt. Ich nehme den Hörer ab und sage mit fester Stimme: »Ja bitte?« Es ist Falk. Ob ich angerufen hätte? Sofort hört auch er die mehrstimmigen Sirenen. »Oha, das ist aber ungewöhnlich, ich glaube, wir kommen dann mal nach Hause.« Ich unterstütze seine Entscheidung. Als ich auflege, höre ich plötzlich noch einen Warnton, ganz leise, bekannt. Mein Handy. Akku leer. Blöde pixelige Luftballons steigen wie zum Hohn in die beschränkte Höhe des Displays, die Liebste ist verschwunden, die Leitung tot, der Bildschirm schwarz. Natürlich donnert es draußen.

Ich sehe durch die Panoramafenster hinaus in die Sturmnacht. Ich stehe und warte auf die Eltern. Ich muss sie nämlich kommen sehen. Die Angst, sonst einen Herzinfarkt zu bekommen, wenn die plötzlich im Wohnzimmer stehen, ist groß. Andrea zieht ihren Mantel aus, pinnt die Konzertkarten an die Korkwand im Flur, Falk schlägt mir aufmunternd seine Riesenpranke ins Kreuz und wundert sich: »Alter, ist das laut!«

Nachdem viel und herzhaft über mein Schicksal gelacht wurde, stören die Sirenen dann doch etwas, und Falk greift zum Telefonhörer: »Das Tolle ist, dass da immer jemand zu erreichen ist, bei der Sicherheitstechnik, die haben da rund um die Uhr Fachpersonal, hör mal!« Er drückt den Lautsprecherknopf.

»Christiansen-Wach, Ojektschutz und Sicherheit, Sie sprechen mit Herrn Christiansen.« Falk ballt die Faust, den Daumen triumphierend in die Höhe gestreckt erklärt er kurz das ohrenbetäubende Hintergrundproblem und bittet um Hilfe vor Ort. Herr Christiansen gibt sich unbeeindruckt: »Haben Sie mal aus dem Fenster gekuckt? Es ist Sturm. Bei dem Wetter fahr ich doch nicht mehr raus nach Övelgönne!« Auf sein Kommando ziehen wir alle um zum Sicherheitskasten der Alarmanlage: »Sehen Sie die Kabel?«

»Ja, sehr bunt«, brüllt Falk über den Sirenenlärm in den Hörer.

»Bunt ist anders. Rot, gelb, blau, ist doch übersichtlich, mein Gott! Sie trennen jetzt das blaue Kabel durch.«

»Warum?«

»Das ist die Stromzufuhr!«

»Sicher?«
»Sie machen Spaß, oder?«
»Und wann machen Sie mir ein neues blaues Kabel dran?«
»Morgen, Herr Vermeer, wenn's recht ist.«
Schnipp.

Diese Ruhe. Es ist noch Nudelsalat da, wir essen mit großem Appetit in der Küche, immer wieder gehen wir gemeinsam die Vorkommnisse der Sturmnacht durch, Riesengelächter. Und als der Hausherr gerade in die neu gewonnene Stille hinein noch einen guten Rotwein für uns aufzieht, prüfend die Gläser im Licht der Küchenlampe dreht und vorfreudig am Wein riecht, genau in diesem Moment geht die Alarmanlage in der Garage an.

NUDELSALAT »ALTE SCHULE«

ZUTATEN

Für 6–8 Personen

100 g eingelegte rote Paprika in Lake
120 g Gewürzgurken aus dem Glas
1 Dose Mais (425 g EW)
2 Eigelb (Größe M, absolut frisch)
1 El scharfer Senf
1 Tl Meerrettich aus dem Glas
1/2 Tl mildes Currypulver
1 Tl Weißweinessig
Salz
200 ml Sonnenblumenöl
50 ml Olivenöl
200 g Sahnejoghurt
100 ml Gewürzgurkenwasser aus dem Glas
300 g Spiralnudeln
300 g Erbsen (TK)
4 Frühlingszwiebeln
Zucker
Pfeffer
Paprikapulver, edelsüß
Worcestershiresauce

ZUBEREITUNG

1.
Paprika abtropfen und grob würfeln, Gewürzgurken in Rädchen schneiden, Mais abgießen. Alles vermengen und kalt stellen.

2.
Für die Mayonnaise müssen alle Zutaten Zimmertemperatur haben: Eigelb mit Senf, Meerrettich, Currypulver und Essig verrühren, kräftig salzen. Die Öle mischen und erst tröpfchenweise, dann in dünnem Strahl mit einem Schneebesen unterrühren, bis eine dickliche Mayonnaise entstanden ist. Mayonnaise mit Joghurt und Gewürzgurkenwasser glatt rühren und mit den Gemüsen vermengen. Zugedeckt kalt stellen.

3.
Nudeln nach Packungsanweisung garen. Erbsen die letzten 3 Minuten mitkochen. Abgießen und kalt abschrecken.

4.
Frühlingszwiebeln in feine Ringe schneiden und mit den abgetropften kalten Nudeln und Erbsen unter die Salatcreme mischen. Den Nudelsalat jetzt nach Geschmack kräftig mit Salz, einer Prise Zucker, Pfeffer, Paprikapulver, Essig und Worcestershiresauce abschmecken.

Tipp
Der Nudelsalat passt zu gegrilltem Fleisch, Fisch, zu heißen Würstchen, er schmeckt aber auch solo.

Zubereitungszeit
30 Minuten

BAUCH-
GEFÜHL

In Georg Bergers Magen sitzen kleine Teufel, mit langen Haaren aus scharfem Stahl, sie schlagen Purzelbäume und streichen Bergers Magenwände mit einer ätzenden Tinktur ein, die sie anschließend hohnlachend anzünden. Bergers Gesicht legt sich in Schmerzen, er krallt sich an der gestärkten Tischdecke fest, blickt zwischen zusammengekniffenen Augenlidern ins Nichts, ist ganz Bauch. Eine Feuersäule schraubt sich hinauf bis in die Speiseröhre. »Dann darf ich Ihnen unser Dreierlei von der Foie gras mit Apfel-Espuma und Brioche-Krusteln servieren, einen guten Appetit, der Herr!« Berger nickt der jungen Servicefrau knapp zu und sieht gequält hinab aufs Dreierlei. Er möchte jetzt eigentlich gerne gehen, sich hinlegen, Magentabletten mit heißem Kamillentee in die Bauchhölle schütten und dann bitte in Ruhe sterben. Das geht aber nicht. Georg Berger arbeitet hier.

»Einen guten Appetit, der Herr!« Er hasst diese gestelzte Formulierung, er hasst schon lange das ganze gestelzte Getue in den Restaurants, in denen er arbeiten muss. »Der Herr haben gewählt?« Falsches Deutsch und falsche Feinheit, falsch verstandener Benimm, da hat auch der Generationswechsel nicht geholfen, und am Ende jedes geleerten Tellers: »Hat es dem Herrn gemundet?« Verbale Steifheiten stehen erstarrt Spalier bei Tisch, Unterwürfigkeit im Mund. »Einen guten Appetit!« Einen guten Appetit, fällt Berger ein, hatte er schon lange nicht mehr, er besucht zwei Restaurants pro Tag, manchmal drei, Doppelschicht am Abend in den großen Städten. Er rülpst so leise wie möglich, bevor er die Gabel in die Stopflebermousse versenkt. Schon wieder Gänsestopfleber. Machen alle in dieser Liga. Meistens gleich als ersten Gang. Berger denkt an die Tierschützer mit den einfallsreichen Frisuren und den ernsten Gesichtern neulich in der

Stuttgarter Fußgängerzone. Die jungen Leute demonstrierten dort für die Rechte französischer Gänse und gegen die Zwangsernährung der Tiere bei der Stopfleberproduktion, sammelten Unterschriften. Berger hatte sich spontan auf die Unterstützerliste der Tieraktivisten geschrieben, denn er selbst erfuhr ja allabendlich die Qualen der Gänsestopfleber-Zwangsfütterung am eigenen Leib. Schwer durch die Nase atmend lutscht er die fette Creme, notiert in Gedanken, was er später oben im Hotelzimmer in den Laptop hacken wird: *Warum,* wird er schreiben, *warum immer Apfel zur Gänsestopfleber, hier in Form einer neumodischen Espuma. Des Kaisers neue Kleider vermögen es auch aufgeschäumt nicht, die Einfallslosigkeit des Küchenchefs zu kaschieren. Und das Frittieren von Brioche-Teig zu sogenannten »Krusteln« unterstreicht eher die Belanglosigkeit der klassischen Brioche zur handwerklich ordentlich gearbeiteten Stopfleber-Terrine. Schon zum Auftakt des Menüs legt der junge Koch Bruno Schachtner Zeugnis davon ab, dass es ihm auch seit meinem letzten Besuch nicht gelungen ist, eine eigene Handschrift zu entwickeln.*

Punkt.

»Hat es dem Herrn nicht gemundet?«

Erschöpft lässt er sich zurück in den Fauteuil fallen, der Teller ist beinahe unberührt. »Doch!«, lügt Berger: »Ich freu mich nur schon so auf die nächsten acht Gänge!« Er winkt ab, nein wirklich, keinen Wein mehr für ihn, er verträgt keinen Alkohol mehr, das ist das Neueste, ein Eichhörnchen wohnt in seinem Kopf, es wohnt hinter seinem linken Auge, und es kratzt und schabt mit seinen Krallen am Augapfel, zupft an den Nervenbahnen und schlägt mit dem Schwanz hart gegen die Schädeldecke, mit jedem Schluck Wein ein bisschen heftiger.

Diese Schmerzen. Berger würde dazu gerne mal einen Arzt befragen, der sich auskennt mit Eichhörnchen, aber er ist ja immer unterwegs, und es gibt ja auch gute Tage, und er hofft, dass sein Körper irgendwie alleine damit fertig wird, hoffentlich auch bevor sein Körper mit ihm fertig ist.

»Hier haben wir einmal unser Wasser, der Herr«, sagt die junge Frau, und Berger rätselt, ob die sich hier manchmal selber zuhören, im Service, und irgendwie hat die junge Frau dann auch leider recht, es ist, wie sie sagt, *unser Wasser,* nicht seines, er hatte ohne Kohlensäure bestellt, dieses Wasser hier ist mit Kohlensäure. Doch. Zuhören wäre insgesamt eine gute Sache. Berger ist sehr müde. Er betrachtet die junge Frau, die das falsche Mineralwasser einschenkt, sie tut das mit großem Ernst und konzentriertem Blick, den Rücken durchgedrückt, die linke Hand auf den Rücken gelegt. Sie muss geraucht haben, während er aß, sie riecht nach Rauch, darunter ihr blumig-süßes Parfum und über allem der Geruch eines scharfen Pfefferminzkaugummis, das die Rauchpause ungeschehen machen soll. Eine unwiderstehliche Kombination für Berger, der Duft erinnert ihn an die erste Liebe auf den Pausenhöfen seiner Schulzeit, an verheißungsvolle Heimlichkeiten und uneingelöste Versprechungen.

»Vielen Dank«, sagt er und versucht ein Lächeln, das ungesehen bleibt.

Er schwitzt, obwohl er das Jackett sofort ausgezogen hat, er ist durstig, er beugt sich nach vorn, beugt sich über den Tisch, rührt mit dem Buttermesser die Kohlensäure aus dem Mineralwasser, ein Hemdknopf kündigt die Zusammenarbeit auf und springt unbemerkt unter den Tisch. Ein Stück weißer, behaarter Bauch ist jetzt zu sehen, Berger trägt nie Unterhemden, ihm ist immer so heiß. »Völlig überheizt, die Restaurants«, sagt Berger. »Völlig überhöht, der Blutdruck«, sagt sein Hausarzt.

Auch gestern Abend hatte Berger in einem überheizten Restaurant gesessen, bei einem der besten Köche Deutschlands, da sind sich alle einig, das ist Konsens, alle loben beständig das *Jahrhundertgenie,* den *Meisterkoch* Götz Halvermann – sein Chef, die Kollegen der anderen Restaurantführer, die verfressene Journaille. Berger ist da ganz anderer Meinung, die sich gestern wieder mal bestätigte. Er hatte einen schrecklichen Abend durchlebt, hatte in einer schmucklosen Kulisse von der Gemütlichkeit einer Zahnarztpraxis zwölf Gänge über sich ergehen lassen: Als Auftakt ein *Sechserlei von der Gänsestopfleber mit Apfelstaub und flüssiger Brioche* gefolgt von einem endlosen, weitestgehend sinnfreien Tellerspektakel, reine Effekthascherei, so hatte Berger es spätnachts schmerzgekrümmt seinem Laptop anvertraut und noch am Morgen in die Zentrale gemailt.

Die haben sich noch gar nicht gemeldet. Seltsam. Berger zieht sein Handy aus der Hosentasche, stumm geschaltet, 18 Anrufe in Abwesenheit, einmal seine Frau, 17 Mal die Nummer der Zentrale. Muss ja wichtig sein. Berger sieht auf die Uhr, die Zentrale ist sicher nicht mehr besetzt. Mit dem Handy winkt er kurz der jungen Frau zu, die nickt und eilt in die Küche, Berger geht hinaus auf den Parkplatz und drückt die Rückruftaste.

»Dass du dich auch mal meldest«, stellt seine Frau fest, im Hintergrund lärmt der Fernseher.

»Morgen ist die Tour rum, Birgit, dann komm ich heim.« Es knistert und rauscht in der Leitung, Berger kann es durch die Stille deutlich hören.

»Kochst du mir einen Grießbrei, morgen? Bist du noch dran?«

»Ist es wieder so schlimm mit dem Magen?«

»Ich kann mir gar nicht vorstellen, jemals wieder etwas anderes essen zu können als deinen Grießbrei«, Berger lacht leise.

»Den kannst du dir schön selber kochen, Rumtreiber!«

»Du weißt doch, dass ich nicht kochen kann. Erinnerst du dich noch an den Topf, als ich das letzte Mal selbst Grießbrei machen wollte?«

»Ja, der musste in den Müll, und eigentlich hätten wir auch gleich umziehen können!« Jetzt lacht auch seine Frau, und als er an den Tisch zurückkehrt, ist er froh, dass sie gemeinsam gelacht haben, an diesem Abend.

»So, der Herr, dann darf ich Ihnen jetzt unser in, äh, Olivenöl, konfiertes Landeigelb, auf Kartoffel-Mousseline, vom Nürnberger Hörnchen, mit Sphärenkaviar, vom Périgord-Trüffel, äh, servieren!« Die junge Servicefrau scheint das Gericht von einer weit entfernten Tafel abzulesen, angestrengt starrt sie geradeaus, fügt die Worte einzeln aneinander, merklich ohne für sich einen Sinn herzustellen, konzentriert wie ein Kind, das dem Nikolaus ein Gedicht vorträgt. Berger hat eine Frage: »Und? Wie schmeckt's? Haben Sie das hier schon mal probiert?«

Die junge Frau schüttelt überrascht den Kopf und lacht unsicher.

»Genau das ist das Problem«, murmelt Berger und dankt.

Dann kommen der Hummer und der Steinbutt und das Kalbsbries und das Reh, in Gläsern geschichtet und auf essbare Landschaften gebettet. So zieht der Abend an Berger vorbei, die Turmbauten auf den Tellern der Achtziger- und Neunzigerjahre sind in die Breite gegangen, zerfallen in tausend Einzelteile, filigrane Miniaturen mit Pinzetten positioniert, winzige Würfel, Punkte und Kleckse, die Berger rätseln lassen und auch auf der Zunge kaum Lösungen anbieten, Teller mit Gebilden, die an die Arbeiten mutiger Architekten erinnern, gezirkelte, geometrische Präzision.

Berger ist von dankbarer Freude durchflutet, als er zum Hauptgang das Rehmedaillon erkennt, auf einem künstlichen Acker aus Malz, Pumpernickelbröseln und Bierhefeflocken. Ein Zirkus, notiert Berger in Gedanken, ein Zirkus, den ich nicht mehr verstehe. Den Zusatz streicht er wieder. Ein Zirkus. Berger sieht sich um in der Manege, glückliche Gesichter überall, ein kollektives Riechen, Kosten, Schlürfen, Kauen und Strahlen, die ersten Gäste erheben sich begeistert von ihren Plätzen, andere folgen, Berger kann es nicht fassen, alle stehen auf! Jetzt klatschen sie! Applaus brandet auf und wird zum großen Jubel, hier wird gefeiert, und der Mann, der eben in der Küchentüre erschienen ist, hebt beschwichtigend die Hände. Bruno Schachtner lächelt charmant verlegen und deutet einen ungelenken Diener an. Dann entdeckt er Georg Berger.

»Herr Schachtner, ich grüße Sie! Also diese Stopfleber-Apfel-Nummer da am Anfang, die …«

»Dass Sie sich hier noch hertrauen.« Schachtner, ein Mann von beachtlicher Statur, unterbricht ihn, hat die Ärmel seiner gestärkten Kochjacke nach oben gekrempelt, die muskulösen Arme des Kochs ruhen auf der Lehne des leeren Stuhls gegenüber von Berger. Der Koch blickt hinab zum Restaurantkritiker, in dessen Bauch die Teufel jetzt Spiritus in die lodernden Flammen spritzen. »Ruft mich doch gestern Abend der Halvermann an und sagt, Bruno, der Berger saß gestern bei mir, der kommt sicher morgen zu dir, das ist doch seine klassische Route, und ich sag noch so, ach nee, Götz, das traut der sich nicht, nach der letzten Kritik.«

Seltsam monoton spricht der Koch und sehr leise, irgendwie *beunruhigend* monoton. »Was war denn mit der letzten Kritik?« Berger versucht angestrengt, sich an Einzelheiten zu erinnern.

»Das will ich Ihnen sagen!«, sagt Schachtner und blickt zur Decke: »Also, Überschrift: Riesenenttäuschung bei Kochtalent Bruno Schachtner!«, er zitiert den gesamten Verriss aus der Luft, er kann ihn auswendig. »Und ich sag Ihnen noch was. Wissen Sie, was passiert, wenn Sie meinen Namen googeln?«

Berger zuckt mechanisch mit den Schultern, er ist abgelenkt, Schachtners Vortrag seiner brillanten Kritik von damals hallt noch in ihm nach, sehr guter Text, findet Berger, und so aktuell. Insbesondere die Passage mit dem *Kopisten des katalanischen Molekularküchenklamauks, der sich aus dem Zusatzstoffköfferchen Ferran Adriàs eine Prise Kreativität erhofft*, ist trefflich gelungen, findet Berger.

Schachtner schnaubt: »Wenn Sie meinen Namen in die Suchmaschine eingeben, kommt als erstes Suchergebnis die Seite meines Restaurants und dann, schon an zweiter Stelle, Ihre drei Jahre alte Kritik, die Sie damals noch für das Tageblatt geschrieben haben.«

»Ja aber, da ist ja jetzt doch das Internet schuld!«, platzt es aus Berger, das liegt nun wirklich nicht in seiner Verantwortung. Und wenn schon! Kann nicht die schlechte Kritik auch als Ansporn und Ermutigung dienen? Gerade einem jungen Koch wie Schachtner, der sich offensichtlich in seinen Möglichkeiten verloren hat? Berger taucht aus seinem angestauten Ärger auf, er ist sich nicht sicher, ob er den letzten Gedanken laut ausgesprochen hat, und sieht sich unauffällig um. Das Gläserklirren und die Gespräche im Restaurant haben aufgehört, Schachtner steht immer noch vor ihm, unbewegt, wie in Stein gemeißelt, alle starren ihn an. Berger fühlt sich von Feindseligkeit umgeben, feuchtwarm klebt ihm das Hemd am Leib. Was glotzen die denn so? Er macht hier nur seine Arbeit. Er ist Berufsesser und im Moment hier wahrscheinlich der Einzige im Saal, der das verspeiste Menü nicht nur sachlich zu analysieren versteht, sondern auch vergleichend ins große Ganze einzuordnen weiß. Ist es nicht er, der den Wettbewerb der Köche erst möglich macht, dem jährlichen Kräftemessen System und Substanz schenkt? Dafür hat er alles gegeben in den letzten Jahren, Lebenszeit, Eheglück, Magenwände. Und jetzt muss er sich hier vorführen lassen? Er blickt ins Rund, blickt in die vorwurfsvollen Gesichter der Gäste, die glauben, Schachtner koche für sie. Berger lacht kurz bitter auf und schüttelt müde den Kopf: »Und außerdem ist der Laden doch trotzdem voll!«

»Und welchen Schluss ziehen wir daraus, Herr Berger?«

Für das Menü hat Schachtner ihm nichts berechnet, auch nicht für das kaum genutzte Hotelzimmer, das er dann allerdings auch nicht mehr zur weiteren Nutzung zur Verfügung stellen wollte. Ein Zimmermädchen hatte seinen Koffer gepackt, ein Küchenlehrling den Koffer schweigend zum Auto getragen und kopfschüttelnd ein, wie Berger findet, opulentes Trinkgeld ausgeschlagen. Eigentlich auch egal. Georg Berger freut sich jetzt auf zu Hause, freut sich auf seine Frau, das wird eine schöne Überraschung nachher, und morgen schreibt er dem Schachtner eine treffende Kritik, gültig für ein Jahr, die erscheint dann ganz altmodisch, in Buchform. Berger entspannt sich.

Draußen zieht still die Nacht vorbei, 240 Stundenkilometer schnell, Autobahn, linke Spur, schwarz fließt der Wald über getönte Autoscheiben. Drinnen Musik, Beethovens Klaviersonate Nr. 8 in c-Moll, Georg Berger liebt das Stück. Die Freisprechanlage reduziert langsam die Lautstärke, drei klare Glockentöne erklingen, ein später Anruf, Berger wundert sich und drückt das Telefonhörersymbol am Lenkrad.

»Berger!«

»Berger. Sie Riesenarschloch! Den ganzen Tag schon versuch ich Sie zu erreichen!«

»Guten Abend, Herr ...«

»Sagen Sie mal, geht's noch, ich glaub, es hakt!«

»Um was dreht sich's denn?«

»Um Sie, Herr Berger. Und die Tierschützer. Und die Gänsestopfleber. Klingelt's?«

»Ich glaube, ich verstehe nicht ganz, Herr ...«

»Berger, hier brennt die Luft. Kann es sein, dass Sie, einer der bekanntesten Restaurantkritiker dieser Republik, vor drei Tagen in der Stuttgarter Innenstadt eine Kampfschrift für ein weltweites Verbot von Gänsestopfleber unterschrieben haben?«

Berger dämmert's, scharf zieht er Luft durch die Zähne: »Kann sein.«

»So, und die haben das dann auch irgendwann geschnallt, wer da unterschrieben hat, und die frohe Botschaft ins Internet gestellt, und im Internet, gucken Sie doch mal in Ihr Internet bitteschön, da ist der Teufel los, das ganze Internet klatscht Ihnen Beifall, Berger, Sie Pfeife. So, und seit heute morgen ruft hier die Presse an. Ob das denn stimme, der berühmte Großkritiker unterschreibt ... mal eben diesen weltfremden Rotz, sagen Sie mal, Berger, Restalkohol oder was?« Die Freisprechanlage holt tief Luft. »Und noch was, Berger, Ihre Kritik, die Sie uns heute Morgen gemailt haben, was genau meinen Sie eigentlich mit dem Satz *Götz Halvermann ist maßlos überschätzt,* Berger? Der Mann ist ein Genie! Weiß jeder!« Ob er, Berger, glaube, hierbei ein Anrecht auf eine Privatmeinung zu haben, will sein Chef noch wissen, oder die Geschmacksknospen irgendwo verlegt, dann: »Schluss, Berger. Aus! Kündigung schick ich Ihnen zu. Und Montag steht der Audi gewaschen und gesaugt auf dem Hof! In Zukunft können Sie ja jetzt schön Restaurantkritiken für die Tierschützerzeitung schreiben!«

Ganz langsam nur wird die Musik im Wagen wieder lauter.

Er drückt den Klingelknopf ein drittes Mal. Im Schlafzimmer im Obergeschoss geht das Licht an, die Vorhänge werden beiseitegeschoben, Berger steht auf dem Rasen vor dem Haus, in einem Rechteck aus warmem Licht. Hinter den Fensterscheiben sieht er seine schöne Frau, sie schüttelt ungläubig den Kopf, beobachtet die Rasen-Scharade ihres Mannes: Unten im Garten illustriert Berger mit ungelenken Bewegungen, die er für lesbare Zeichensprache hält, die Misere. Das Zimmermädchen muss beim Packen seines Koffers die Haustürschlüssel auf dem Nachttisch übersehen haben. Seine Frau öffnet, fröstelnd im Nachthemd, verschränkt die Arme über ihrem Busen. »Was machst du denn schon hier? Hast du vergessen, wie man einen Haustürschlüssel bedient? Und weißt du nur so ungefähr, wie spät das ist?« Sie mustert ihren Mann. Da fehlt ein Hemdknopf.

»Und wie siehst du eigentlich aus?«

»Drück mich mal«, sagt Georg Berger.

BIRGIT BERGERS GRIESSBREI FÜR MAGENKRANKE

ZUTATEN

Für 4 Personen

1 Kardamom-Kapsel
10 Fenchelsamen
3 Nelken
1/2 Tl Zimt, gemahlen
1 Vanilleschote
200 g gemischtes Backobst
1 Liter Milch
20 g Butter
250 ml flüssiger Honig
Salz
150 g Maisgrieß-Polenta

ZUBEREITUNG

1.
Die Gewürze im Mörser fein zerreiben, die Vanilleschote halbieren, das Backobst würfeln und alles mit Milch, Butter, 150–180 ml Honig und einer kleinen Prise Salz aufkochen.

2.
Grieß mit einem Schneebesen zügig einrühren, aufkochen und unter Rühren 3 Minuten offen kochen. Den Topf vom Herd nehmen. Den Brei zugedeckt 10 Minuten quellen lassen. Grießbrei mit dem übrigen Honig zum Beträufeln servieren.

Zubereitungszeit
20 Minuten

LIEBES-PRÜFUNG AUF DEM HINDEN-BURGDAMM

Wir waren Köche gewesen, in einem anderen Leben, der Restaurantbesitzer, der Musiker, der Vertriebsleiter und ich. Und wenn wir uns heute treffen, interessieren wir uns ausschließlich für unsere Erinnerungen. Jahrzehnte ist das alles her, und wir lieben es, uns die immer gleichen Geschichten von damals zu erzählen, von den wilden Kerlen, die wir waren, in einer Zeit, in der Jahrzehnte noch kein Zeitmaß waren, sondern nur der Augenblick zählte und ganz eventuell der nächste Tag.

Jonas wirft Steaks auf den Grill, Funken stieben in den Abendhimmel, hinter den Sylter Dünen geht die Sonne nur zögerlich unter und taucht den Garten in goldenes Licht.

»Erinnert ihr euch noch an Heinz? Den Kellner aus Österreich?«

»Die Gääädsdee am Disch füüünf, dia fraagen, wo die Enten blaibd!«, antworten wir im Chor und lachen. Darauf trinken wir, eiskalter Rosé schwappt in beschlagenen Weingläsern.

»Oder der liebe Wittek, unser alter Hausmeister, wisst ihr noch, sein Spruch, wenn wir morgens völlig verkatert und übermüdet zur Arbeit kamen?«

Wir wissen es alle noch ganz genau: »Der Säufer und der Hurenbock, der friert im dicksten Winterrock!«

Ein Moment der Stille, als das Gelächter sich gelegt hat, die Geister der Vergangenheit wandern durch den Garten, die meisten von ihnen lächeln freundlich, wir hatten gute Zeiten. Ich drehe den Stiel meines Glases zwischen zwei Fingern, beobachte eine Hummel im taumelnden Landeanflug.

»Ich glaube, ich würde heute keine fünf Minuten mehr in einer Restaurantküche überleben«, sage ich, mehr zu mir selbst.

Jonas ruft vom Grill: »Hast du doch damals schon nicht!«

Udo verschüttet Rosé vor Lachen, Hans nickt euphorisch.

»Danke, Jungs, der geht auf mich. Ernsthaft, sich alleine die ganzen Bons zu merken, wenn die reinkommen, 80 Leute damals da draußen im Restaurant, alle kommen innerhalb von einer, allerhöchstens anderthalb Stunden gleichzeitig, alle essen mindestens drei Gänge, das meiste à la carte, dazu die großen Menüs, Wahnsinn.«

»Ich hab das mal ausgerechnet«, sagt Hans. »Mit Amuse-Gueule und dem obligatorischen Zwischengang haben wir im Schnitt pro Gast acht Teller geschickt, macht an einem Abend 640 angerichtete Teller. 640 Teller in grade mal vier Stunden, von sieben bis elf.« Wir machen Platz für den Stolz, der sich in diesem Moment schulterklopfend zu uns an den Tisch setzt.

»Ernsthaft, ich könnte mir das gar nicht mehr alles merken, die ganzen Beilagen, Kleinteile, den ganzen Schischi.« Wieder ist es Jonas, der sich an mich erinnert, an den jungen Schlaks in der viel zu weiten Kochjacke, der fieberhaft die annoncierten Bestellungen notierte und hektisch mit den handgeschriebenen Notizen auf den Menüplänen an der Kachelwand abglich.

Mir fällt ein, ich hab da eine schöne Geschichte für die Jungs: »Das ist, ehrlich gesagt, auch nicht besser geworden. Als ich damals die Küchenstelle in Hamburg angetreten habe, war ich auch das erste Mal hier auf der Insel, über ein verlängertes Wochenende, mit meiner damaligen Freundin. Und sogar die hab ich bei der Anreise nach Sylt dann vergessen, auf dem Festland, am Verladebahnhof Niebüll.«

Tonlos sortiert Udo das eben Gehörte im vorfreudigen Gelächter der übrigen Jungs: »Du hast deine Freundin vergessen. Drüben in Niebüll. Am Autozug nach Sylt?«

Sylt war mir bis dahin unbekannt gewesen, dass es schön sei dort, hatten mir die Arbeitskollegen in Hamburg erzählt und auch, dass die Insel immer weniger würde, langsam aufgefressen vom Meer, das beständig Sand und Grund raube, mit jedem Wellenschlag. Mehr wusste ich nicht von Sylt, nur den Aufkleber sah ich oft, ein Scherenschnitt der Insel klebte wie Möwenschiet auf den Nobelkarossen unserer Restaurantgäste. Irgendwann hat meine damalige Freundin mich dann überrascht und eine kleine, bezahlbare Pension mitten in Westerland gemietet.

Wir haben uns gemeinsam freigenommen und sind los, mit meiner alten Laube, einem feuerroten Golf *Bon Jovi,* gebraucht geschossen, war ja kaum Geld zu verdienen als Jungkoch. Stundenlang haben wir gewartet, am Verladebahnhof Niebüll, stundenlang in der Schlange zum Autozug, der uns über den Hindenburgdamm zur Insel bringen sollte, stundenlang im Nieselregen. Und alle haben die Bildzeitung gelesen. Rot-weiß leuchtete es hinter den beschlagenen Scheiben der wartenden Wagen. *Die Bild schreibt, wer dieses Wochenende auch alles auf der Insel sein wird,* das hat mir meine Süße damals erklärt. *Wer in der Bild steht, kommt mit dem Helikopter, und wer mit dem Auto kommt, liest in der Bild, wer mit dem Helikopter kommt.* Nach einer weiteren Weile des Wartens rutschte die Meine dann unruhig hin und her, ein Klo, das wäre jetzt was, Regengeräusche untermauerten klopfend den Wunsch nach weiß gekachelter Erleichterung, und irgendwann schnappte sie sich ihre Krücken und machte sich auf den Weg. In urlaubsreifer Ängstlichkeit rief ich ihr noch nach, nicht zu lange wegzubleiben. Stunden würde es noch dauern, gleich hinter der Kurve käme noch mal eine lange Schlange, beruhigte mich die Liebste und humpelte davon.

Jonas wendet die Steaks und ruft vom Grill herüber: »Wie jetzt, Krücken?«

Im Winterurlaub war es passiert, am dritten Tag, jenem dritten Tag, von dem fragwürdige Privatfernsehreportagen so gerne aus den Skigebieten berichten, jenem dritten Urlaubstag, an dem sich Selbstsicherheit und Selbstüberschätzung, ein gepflegter Muskelkater und der teure Skipass erst die Hand geben und dem Skifahrer dann ein Bein stellen, gerne dem weit gereisten Nordlicht. Vom Bänderriss hatte die Süße noch länger was, und sie humpelte also zur Verladebahnhofstoilette Niebüll, rot leuchteten ihre Krücken durch den Regen. Wie ich ihr so hinterherschaute, hupte es plötzlich, es ging weiter, ich ließ den Motor an und fuhr um die Kurve.

Dort, so hatte mir die Liebste berichtet, sollte ich auf eine weitere Schlange stoßen und auf ihre Rückkehr warten. Sekunden später rumpelte es unter den Rädern, und ich kam auf dem Oberdeck des Autozuges zu stehen, wie es sich die Liebste gewünscht hatte. Hoffentlich fahren wir oben mit, hatte sie gesagt und mir eine wilde Knutscherei versprochen, hoch auf dem roten Waggon. Jetzt war ich ganz allein dort, stürzte aus dem Auto, um nach ihr zu suchen, da rief es scheppernd aus blechernen Eimern: *Bitte steigen Sie jetzt in den Wagen, ziehen Sie die Handbremse fest, und legen Sie den ersten Gang ein, beziehungsweise schalten Sie in die Position P. Das Lenkrad bitte nicht einrasten lassen, wir wünschen gute Fahrt.*

Mit einem Ruck setzte sich der Autozug in Bewegung. Schnell verschwand der Verladebahnhof im Tagesgrau, vor mir der Hindenburgdamm, das Meer, Sylt. Panisch schnappte ich mein Handy und wählte die Nummer der Liebsten. Es klingelte. Auf dem Beifahrersitz. Ich begann, mir eine Verteidigungsstrategie für den letzten Kampf um unsere kurze Beziehung zurechtzulegen: *Es ging plötzlich sehr schnell. Ich konnte nirgendwo rausfahren. Ich war verwirrt. Es regnete. Ich hasse Sylt. Ich brauche Urlaub. Ich liebe dich. Aber auch: Du fährst doch schon seit Jahren nach Sylt, mit deiner Familie. Wieso ging das denn plötzlich so schnell? Warum kann man da nirgendwo rausfahren? Wo waren denn die langen Autoschlangen, von denen du sprachst? Liebst du mich noch?*

Da! Es klingelte! Das Handy der Freundin auf dem Beifahrersitz. Wahrscheinlich konnte sie meine Handynummer noch nicht auswendig und rief nun aus einer Telefonzelle ihr eigenes Handy an. Schlau! »Ohgottohgottohgott, Süße, tut mir leid, ich ...« Die Stimme am anderen Ende der Leitung stellte sich mir vor, und ich begriff nach kurzer Schrecksekunde, dass das am Telefon nicht die Freundin war, sondern die Frau, die der Freundin das Leben schenkte, die Frau, die eventuell hätte meine Schwiegermutter werden können, wenn ich nicht ihre Tochter am Verladebahnhof Niebüll im Regen hätte stehen lassen, auf Krücken, mit Kreuzbandriss.

Begrüßungsformeln und Nettigkeiten wurden ausgetauscht, das Gespräch wollte gerade etwas zäh werden, als sie sagte: »Geben Sie mir doch mal meine Tochter!«

Ich war in Schwierigkeiten.

Die Jungs lachen. »Alter, da warst du ja mal so was von am Arsch!«, resümiert Jonas und stellt die Platte mit den Steaks auf den Gartentisch.

Ich nicke: »Ich hatte aber Glück. In höchster Not wendete sich damals das Blatt zu meinen Gunsten, meine potenzielle Schwiegermutter befand per telefonischer Ferndiagnose, dass ihre

Tochter doch entschieden zu oft auf Klo müsse und ich ein armer Junge sei, noch nie nach Sylt gefahren, und dann gleich so was!«

»Und was hat die Freundin damals gesagt, die warst du los, oder?«, fragt Hans, als meine Frau aus dem Haus tritt, in der Hand eine Schüssel mit meinem berühmten Gemüse-Coleslaw: »Das Rezept ist von meinem Mann, nur er weiß, was drin ist, falls euch das ... Was guckt ihr denn so?«

Die Jungs sehen meine Frau an, mit offenen Mündern, es arbeitet sichtlich hinter den leicht ergrauten Schläfen, dann wagt Jonas die Frage: »Du warst das?«

»Ich war was?«, fragt die Liebste und stellt die Schüssel auf den Tisch.

»Er hat dich ...?«, will jetzt auch Hans wissen, wagt aber nicht, den Satz zu beenden.

»Geriebene Möhren«, sage ich, »Kohlrabi, junger Spitzkohl fein geschnitten, die Mayonnaise auf Weißweinbasis mit Olivenöl und Sonnenblumenöl im Verhältnis eins zu drei, bisschen Sauerrahm dazu, Senf, Weißweinessig, geriebener Meerrettich, Salz und Piment d'Espelette-Chili, ganz einfach eigentlich, Gemüse und Dressing aber immer erst kurz vor dem Servieren mit dem Raspelgemüse mischen.« Keiner hört mir zu.

»Er hat dich am Verladebahnhof Niebüll vergessen?«

Die Liebste lacht und seufzt gespielt: »Hat er euch die schöne Geschichte selbst erzählt? Ja, Jungs, euer alter Kollege hat mich buchstäblich im Regen stehen lassen.«

»Und den Typ hast du trotzdem noch geheiratet?« Jonas schippt mit schwerem Gerät Salz in die offene Wunde.

»Ja. Klar.« Die Liebste steht hinter mir und streicht mir durchs Haar. »Ich konnte nicht anders. Ich wusste, er würde Hilfe brauchen.«

FRISCHER GEMÜSE-COLESLAW

ZUTATEN

Für 4–6 Personen

1 kleiner Spitzkohl
Salz
1 Eigelb (M/L)
1 El scharfer Senf
1 El geriebener Meerrettich
1 Tl Weißweinessig
1 Knoblauchzehe
150 ml Sonnenblumenöl
50 ml mildes Olivenöl
100 g Sauerrahm
1 Kohlrabi
2 Möhren
1 Tl Zucker
1–3 Msp. Piment d'Espelette (siehe Tipp)
Etwas Zitronensaft

ZUBEREITUNG

1.

Spitzkohl halbieren, entstrunken und in sehr feine Streifen schneiden. Mit Salz würzen und in einer Schüssel weich kneten. Beiseitestellen.

2.

Für die Mayonnaise müssen alle Zutaten Zimmertemperatur haben: Eigelb mit Senf, Meerrettich und Essig verrühren, kräftig salzen. Knoblauch durchpressen und unterrühren. Die Öle mischen und erst tröpfchenweise, dann in dünnem Strahl mit einem Schneebesen unterrühren, bis eine dickliche Mayonnaise entstanden ist. Mayonnaise mit Sauerrahm glatt rühren. Mit Salz würzen und zugedeckt kalt stellen.

3.

Kohlrabi und Möhren schälen. Kohlrabi grob raspeln. Die Kohlrabiraspel und den Spitzkohl trocken ausdrücken und zur Mayonnaise geben. Möhren raspeln und ebenfalls zur Mayonnaise geben.

4.

Die Gemüse mit der Mayonnaise mischen, den Coleslaw mit Zucker, Piment d'Espelette, Salz und Zitronensaft abschmecken.

Tipp

Piment d'Espelette ist ein fruchtig-scharfer, gemahlener Chilipfeffer aus dem französischen Baskenland. Wahlweise lässt sich der Coleslaw natürlich auch mit einem anderen Chili oder mit Pfeffer schärfen.

Zubereitungszeit

25 Minuten

ERBSEN-
SUPPE

Dirk Petersen hat Hunger und blickt erstaunt ins Eis, da ist nichts mehr, nur eine Flasche Aquavit, im obersten Fach. Der Gefrierschrank schüttelt sich kurz, springt räuspernd auf Hochbetrieb für gar nichts, die Vorräte sind aufgebraucht. Kann eigentlich nicht sein, denkt Dirk Petersen, mit dem Kopf geht's ja noch, und er ist sich sicher, dass da noch eine Packung Salamipizza war oder Tiefkühl-Lasagne, ein Schlemmer-Fischfilet vielleicht.

»Kann eigentlich nicht sein«, sagt Dirk Petersen jetzt laut, er hat angefangen, mit sich selbst zu sprechen, manchmal auch mit seiner Frau. Vorsichtig geht er in die Hocke, hält sich mit einer Hand an der Spüle fest, fasst sich stöhnend mit der anderen Hand an den Rücken, kontrolliert jetzt jedes Schubfach erneut, liegt zuletzt bäuchlings auf dem Küchenboden und öffnet die milchige Plastikklappe des untersten Fachs, legt den Kopf schief, auch hier: nur Frost.

»Kann ich ja dann mal abtauen«, sagt er und kratzt mit dem Daumennagel prüfend an den bauchigen, mit Raureif bedeckten Eiskissen, die an den Wänden und Decken der Tiefkühlfächer wachsen. Er will wieder aufstehen, das ist nicht so leicht, der Rücken schmerzt. Dirk Petersen beschließt, noch ein bisschen liegen zu bleiben auf dem Küchenboden. Ganz hinten im Gefrierfach vor ihm wuchert etwas aus dem ewigen Eis, ein viereckiger, dunkler Schatten, eine Art Kasten, ganz und gar mit Frost überzogen, er streckt den Arm aus, rüttelt an dem kalten Kubus. Keinen Zentimeter. Er fischt nach dem Besen, der neben der Spüle steht, rammt das Stielende immer wieder zwischen den Würfel und die Seitenwand des Tiefkühlfaches, es knackt, und noch mal, krachend löst sich der Gegenstand. Er zieht den vereisten Kasten aus dem Fach und beginnt, sich an der Spüle emporzuziehen.

Es hat sich eine Lache von Schmelzwasser auf dem Küchentisch gebildet, Dirk Petersen sieht dem Kasten beim Tauen zu, sitzt, die Ellenbogen auf der Tischplatte, das graue Gesicht in beide Hände gestützt. An den Ecken gibt der Frost Plastikkanten frei, glitzernd verdünnt sich das dünne Eis auf dem Deckel der rechteckigen Tupperdose, grüner Filzstift, er erkennt die Handschrift seiner Frau. *Erbsensuppe* steht da. Jonna steht im Flur, knöpft sich ihren weißen Mantel zu und greift zum Schirm, sie dreht sich noch einmal zu ihm um, streicht sich eine Strähne aus dem Gesicht, lacht und sagt: »Und vergiss nicht, die Waschmaschine auszuräumen!« Mit Kusshand dreht sie sich um und verschwindet durch die Wohnungstür, vor der ein paar Stunden später zwei Polizisten betretene Gesichter machen und ihm die Nachricht von Jonnas Tod überbringen. Ein Unfall. Ein Lastwagenfahrer habe die grüne Ampel übersehen, auf der Berliner Straße. So was passiert nicht wirklich. So was steht nur ab und zu in der Zeitung. »Jawohl, Chefin, Waschmaschine wird geräumt!«, waren die letzten Worte, die er an Jonna gerichtet hatte. Er wäre so gerne mit ihr mitgegangen, bei Grün, über die Berliner Straße.

Mit dem Daumen fährt er zwischen Deckelkante und Behälter hin und her, noch sitzt der Deckel festgefroren, und Dirk Petersen denkt darüber nach, die ganze Angelegenheit vielleicht einfach wieder einzufrieren. Das Telefon klingelt. »Papa, wie geht's dir! Du, hast du schon die neuen Fotos von Till gesehen, hier bei uns aufm Spielplatz, so süß der Lütte, oder? Und wie der wächst, der frisst uns hier die Haare vom Kopf!« Britt Petersen lacht ihr schönes Lachen, es gluckst am Ende vor Begeisterung. Dirk Petersen hört immer auch seine Frau lachen. »Was denn für Bilder? Ich war heut noch nicht am Brief ...«

»Facebook, Papa, auf Facebook! Hat dir Sven doch neulich erklärt, oder? Da kannst du immer alles lesen, was so bei uns passiert, und Fotos von deinem Enkel sehen! Bist du da immer noch nicht angemeldet? Ich melde dich da mal an, bleib dran!« Aus weiter Ferne hört Dirk Petersen Tastaturgeklapper, dann ist seine Tochter wieder am Hörer: »Wie möchtest du gern heißen?« Dirk Petersen möchte gerne Dirk Petersen heißen. »Ah, ganz schlecht! Gibt's schon ganz oft. Anderen Namen?« Dirk Petersen verspricht, sich die Sache zu überlegen.

Der Deckel löst sich. Unter einem Rasen von feinen, aufrecht stehenden Eiskristallen liegt dunkelgrün die Erbsensuppe, er schnuppert, es riecht kalt, ein bisschen muffig, nach altem Schnee. Er schiebt die Suppe in das sonnige Rechteck, das auf den Küchentisch fällt.

Als Britt sich ankündigte, waren sie noch gar nicht verheiratet, nicht mal die Kollegen auf der Arbeit haben von ihnen gewusst, vom angehenden Schiffsingenieur und der jungen Vorzimmerdame der Reederei Kölbing & Söhne. Überraschung. Sie hatten schnell geheiratet damals, Jonna hatte das Festmenü für die dreißigköpfige Hochzeitsgesellschaft selbst gekocht. »Was heißt denn bitte in meinem Zustand!«, hatte sie kopfschüttelnd verkündet, und es gab Hochzeitssuppe mit Klüten, Rinderbraten mit Rosinen wurde aufgetragen und dazu zwei ganze Lachse, Fliederbeersuppe und Kirschgrütze mit Schlagsahne und um Mitternacht Rührei mit Krabben und krossem Speck. Und immer wenn Jonna an diesem Abend gefragt wurde, antwortete sie: »Ach, ich vertrag ja gar keinen Alkohol, und außerdem bin ich doch schon trunken, vor Glück!« War natürlich nur die halbe Wahrheit, drei Jahre später, beim Sommerurlaub auf Sylt, hat seine Frau ihn, Dirk Petersen, dann glatt unter die Planken der Strandbude gesoffen. Silber funkelndes Dünengras im Vollmondlicht, am nachtleeren Strand von Wenningstedt.

Der Eisrasen ist verschwunden. An den Rändern hat sich die Erbsensuppe bereits verflüssigt, und Dirk Petersen lässt den Klotz aus dem Plastikbehälter in einen Kochtopf gleiten. Er leckt sich die Finger ab, schaltet den Herd auf die kleinste Stufe, schiebt den Topf auf die rot leuchtende Rundung und reibt sich die Augen.

Weiter als bis Sylt sind sie eigentlich selten gekommen. Einmal noch nach Italien, da war Britt zwölf. War aber allen zu heiß und die Campingplätze eine Zumutung. Ein ganzes Leben haben sie hier im Norden verbracht, er und seine Frau, in Schleswig-Holstein, in Hamburg, und nie das Gefühl gehabt, etwas zu verpassen, wenn die Schiffe, die er konstruiert hatte, hinaus aufs Meer fuhren.

Britt ist geflüchtet, denkt Dirk Petersen, gleich als sie volljährig war, sie müsse was machen aus ihrem Leben, hatte sie gesagt und das versucht, in Berlin zuerst, später in Freiburg. Dann kam Till. Der Spielplatz auf den neuen Fotos von Till – den Fotos, die er nicht sehen kann –, dieser Spielplatz ist 822 Kilometer entfernt. Dirk Petersen hat im Atlas nachgesehen. Er könnte hinfahren, mit dem Zug, *wir holen dich auch direkt vom Bahnhof ab,* sagt Britt immer, aber er möchte niemandem zur Last fallen, sieht sich da sitzen und Trübsal blasen in der kleinen Zweizimmerwohnung. Das brauchen die Kinder nicht, die haben jetzt ein eigenes Leben. *Du musst wieder fröhlicher werden,* sagt Britt immer, er schafft das aber nicht. »Ich habe immer gedacht, dass Britt eines Tages zurückkommt«, erklärt er dem Suppentopf.

Er hätte sich nicht vorstellen können, ohne seine Frau zu leben, und Dirk Petersen kann es sich noch immer nicht vorstellen, über zwei Jahren lebt er nun schon in der Unvorstellbarkeit. Mit großer Selbstverständlichkeit war er immer davon ausgegangen, als Erster zu sterben, hatte sich davor gefürchtet, seine Frau alleine lassen zu müssen, eines Tages. Jonna schien unsterblich, seine wunderschöne Frau, die immer hinter ihm gestanden hatte und sehr oft auch vor ihm, sie hatte ihm die Welt erklärt und ihm die Welt vom Hals gehalten, wenn er zu müde war für die Welt.

Die Suppe dampft, und Dirk Petersen rührt und rührt und rührt, und genau so sieht er seine Frau noch oft, wenn er von ihr träumt: Sie steht in der Küche und rührt in einem Topf und dreht sich zu ihm um und lacht und der große Küchenschrank neben Jonna neigt sich sehr langsam und er kann nicht sprechen und sich nicht bewegen und der Küchenschrank fällt.

Dirk Petersen zuckt zusammen, er öffnet die Augen, er ist am Küchentisch eingeschlafen. Es riecht nach Erbsensuppe, der ganze Raum ist erfüllt vom würzigen Duft der Erbsensuppe seiner Frau, es riecht nach goldgelb geräuchertem Speck und Majoran, es riecht nach Kümmel und Bohnenkraut und einem Hauch Zitronenschale. Jonnas Erbsensuppe. Dirk Petersen springt auf und stürzt zum Herd.

Schon beim ersten Löffel Suppe bricht Dirk Petersen in Tränen aus, er kann nicht anders, erbärmlich ist das, er verbietet es sich sonst, er weiß jetzt gerade auch nicht, und er isst und weint und isst und weint, wie er noch nie geweint hat, ein Scheiß ist das.

»Reiß dich mal zusammen, Dirk Petersen!«, brüllt er durch den Tränenschleier und nimmt noch einen Schlag Suppe nach.

Nach dem Essen wäscht sich Dirk Petersen die Hände, er steckt den Gummistöpsel in den Abfluss des Waschbeckens, lässt kaltes Wasser ein und taucht sein Gesicht hinein, taucht unter, bis auch die Ohren unter Wasser getaucht sind. Das Wasser ist sehr kalt. Er kann sein Blut rauschen hören. Er lebt. Und die Liebe stirbt eben nicht, da kann man nichts machen. Er ruft bei Britt an, die sich freut und verspricht, ihm gleich nachher das Zugticket nach Freiburg zu mailen, dafür müsse man doch heute nicht mehr aus dem Haus.

Es ist noch Suppe da. Ein paar Löffel noch. Er überlegt, den Rest einzufrieren. Für ein andermal. Für schlechte Tage. Zu Weihnachten. Zum Todestag. Zur Erinnerung. »Nun werd mal hier nicht quatschig auf deine alten Tage, Petersen!«, sagt Dirk Petersen sehr laut und beschließt, die restliche Suppe heute Abend mit einem schönen Stück Brot vor dem Fernseher zu genießen. Dann steht er auf, öffnet das Küchenfenster, lässt die Erbsensuppenluft hinaus und den warmen Frühlingstag hinein.

JONNAS ERBSENSUPPE

ZUTATEN

Für 6–8 Personen

350 g Zwiebeln
100 g Butter
500 g getrocknete, grüne Schälerbsen
350 g geräucherter, durchwachsener Speck am Stück
600 g festkochende Kartoffeln
Je 1 Tl getrockneter Majoran, Bohnenkraut und Kümmelsaat
Schwarzer Pfeffer aus der Mühle
4 Scheiben Kasseler Koteletts
1 kleine, unbehandelte Zitrone
Salz

ZUBEREITUNG

1.
Die Zwiebeln pellen und grob würfeln. Butter in einem großen Topf schmelzen, die Zwiebeln darin farblos glasig dünsten. Die Erbsen zugeben und unterrühren. Das Speckstück zugeben und mit 2 Litern heißem Wasser auffüllen. Zugedeckt 1 Stunde leise köcheln lassen.

2.
Die Kartoffen schälen, längs vierteln und stückeln. Mit Majoran, Bohnenkraut und Kümmel unter die Erbsen rühren. Die Erbsensuppe offen weitere 45 Minuten leise köcheln lassen, dabei öfter rühren.

3.
Die Suppe mit frisch gemahlenem Pfeffer aus der Mühle würzen. Kasselerscheiben zum Eintopf geben und offen 10 Minuten leise köcheln lassen.

4.
Die Kasselerscheiben und den Speck aus der Suppe nehmen. Kasseler mit Fleischgabel und Fleischmesser erst vom Knochen und dann in Würfel schneiden. Vom Speck die Schwarte entfernen, den Speck in Scheiben schneiden und mit dem Kasseler zurück in die Suppe geben. Die Zitrone waschen, Zitronenschale fein abreiben und unter die Erbsensuppe rühren. Einmal aufkochen und mit Salz würzen.

Tipp

Für dieses Gericht müssen und sollen die grünen Schälerbsen nicht über Nacht eingeweicht werden. Majoran und Bohnenkraut können während der Saison auch frisch gehackt unter die Suppe gerührt werden, sollten dann aber erst zusammen mit der Zitronenschale zugegeben werden.

Zubereitungszeit

2 Stunden

KARL, AUS MEXIKO

Das große Haus in der Nachbarschaft hatte einmal die Farbe von Butterblumen getragen, bevor alles erstickte, unter einem grauen Schleier, den die Zeit mit kräftigen Pinselstrichen aufgetragen hatte. Von den Holzläden der Fenster blättert die Farbe in dunkelgrünen Splittern, die der stetige Wind aus den nahen Bergen trudelnd über die Rasenfläche des Gartens trägt. Es ist ein weitläufiger Garten, umgeben von eilig hochgezogenen Reihenhäusern, gesäumt von Zäunen, hoch genug, um das Kind fernzuhalten von den rot leuchtenden Kirschbäumen, von den blau schimmernden Pflaumen, den Apfelbäumen, deren schuppige Äste im Herbst schwere Früchte tragen. Alles in diesem Garten scheint besser zu wachsen, üppiger zu tragen und eindrucksvoller zu blühen als sonst wo in der kleinen Stadt. Die Zäune sind überflüssig. Niemals würde das Kind sich hineinwagen in den Garten oder in die Nähe des Hauses, denn es wird von Hexen bewohnt. Hochgewachsen und bucklig die eine, ganz klein und knochig mit schlohweißem Haar die andere. Das Kind erkennt sie wieder, in seinen Büchern.

Als das Kind an einem Sonntag erwachte und aus dem Fenster sah, schienen die Berge noch näher als sonst, kantig und klar in einen leuchtend blauen Morgenhimmel gezeichnet. Ist das ein Föhnwetter heute, seufzte die Mutter und löste sich eine sprudelnde Tablette im Wasserglas auf, der Vater mahnte zur Eile, der Berg ruft. So nah waren die Berge gar nicht, die Fahrt dauerte, dem Kind klebten die Haare an der schweißnassen Stirn, die Luft im Wagen schien wie Gelee, einzig ein Streifen lauwarmer Fahrtwind pfiff streng durch den geöffneten Spalt am Fahrerfenster, das Kind griff müde mit den Händen in den Luftstrom. Guckt mal, wie schön die Natur ist. Draußen zogen die

Obstwiesen vorbei, grüne Blätter und pralle Dolden tanzten auf den geschwungenen Schnüren der Rankgestelle durch die hohen Hopfenfelder. Dann erst der See, bestückt mit leuchtend weißen Segel-Dreiecken über glitzerndem Wasser, ganz kurz das Lachen der anderen Kinder im Seeschwimmbad, Eistütenwetter, die Berge jetzt wirklich zum Greifen nahe und doch viel später erst die Tannen, schmale Straßen und nach Kurven und Kurven und Kurven das Knirschen von Kies, das Knistern und Knacken des erhitzten Motors unter der Haube, der Anfang des Weges.

Schritt vor Schritt setzte das Kind und fiel doch zurück, die Stimmen der Eltern hallten bald nur noch von ferne durch den kühlen Tannenwald, am Ende ein Loch aus Licht, die Eltern darin, zwei Scherenschnitte. Kommst du? Schneller, hindurch, hinaus in die blendende Sonne, die Bergwiesen summten, Pollen trieben in ruhigem Flug durch die Luft. Der Vater schnitt Käse auf, dicke, große Würfel, die warm und weich geworden waren und salzig schmeckten. Der Käse ist von hier, sagte der Vater und breitete die Arme über den Wiesen vor ihnen aus. Die Mutter reichte geschnittenes Brot aus einer Tüte, sie tranken Kirschsaft, den sie am Morgen aus kaltem Leitungswasser und Pulver zusammengerührt hatten. Das wirkt isotonisch, erklärte der Vater, und das Kind konnte nicht aufhören zu trinken, schön, kalt, Kirsche, aus der Thermoskanne.

Vater kaute an einem harten Landjäger, biss ab vom Brot, sprach mit vollem Mund, ließ einen Zeigefinger in die Ferne wandern: Drei Schwestern, Alvier, Hoher Kasten, Fänerenspitz, Altmann, Säntis, Kronberg, Mattstock, Churfirsten, Speer, Tanzboden, Mythen und Rigi. Über ihnen schaukelte die Seilbahn zum Gipfel, die Menschen in den engen Kabinen schwitzten, sie folgten Vaters Fingerlauf, starrten durch zerkratztes Plexiglas angestrengt ins Panorama. Es standen Kühe in den Wiesen, und das Kind näherte sich den großen, dürren Tieren, rupfte Gräser aus und hielt die Halmbündel den Kühen vor die feuchten, glänzenden Mäuler. Die Kühe drehten die Köpfe weg, Fliegen stiegen kurz auf und nahmen wieder Platz.

Da ist Strom in dem Drahtzaun, Obacht, rief Vater und schnürte den Rucksack, die Mutter schlug Vollkornbrotkrümel aus der Picknickdecke, legte sie sorgfältig zusammen. Willst du die Decke lang erhalten, so leg sie in die alten Falten, das hatte Oma immer gesagt, rief sie und lachte über die Erinnerung. Weiter ging es hinauf, Schritt vor Schritt, große Schritte, mithalten mit den Eltern, groß sein. Jetzt war es Zeit, und das Kind wünschte sich ein Tier, einen Hund erst, einen Hasen vielleicht, und die Eltern zählten Gründe auf, warum das nicht ginge, einen Hamster dann vielleicht, die Eltern schüttelten die Köpfe, ohne weitere Begründung.

Das Kind nimmt Karl aus dem Terrarium, weil es denkt, dass Karl auch einmal die Sonne sehen möchte, die richtige Sonne, nicht nur so eine Lampe, es will auch versuchen, ob er Blätter fressen würde, frisch vom Strauch. Karl passt kaum zwischen seine Hände, blauschwarz und gelb glänzend, mit einem kirschroten Punkt auf dem Kopf , der Salamander leuchtet zwischen seinen Fingern, dieser rote Punkt ist ganz, ganz selten, hatte der Verkäufer im Zoofachgeschäft gesagt, da hast du dir einen ganz besonderen Freund ausgesucht. Karl käme aus Mexiko, hatte der Verkäufer erklärt. Karl liegt ganz still in seinen Händen als sie sich dem Zaun nähern, Karl liebt sicher diesen heißen Tag, denkt das Kind, bestimmt erinnert er sich jetzt an Mexiko. Es ist sein Fehler. Sie kommen zu nahe an den Zaun heran, einzelne, glänzende Kirschen liegen verlockend im Gras, schon auf der anderen Seite des Zaunes, zwischen satten Gräsern.

Eine Maus vielleicht? Das Kind gab nicht auf. Gib nicht so schnell auf, sagt der Vater immer. Die Eltern schüttelten die Köpfe. Sieh mal, Heidelbeeren. Überall, auf dem Boden, zwischen den heißen Steinen unter kräftigem Blattwerk und kratzigem Wurzelwerk versteckten sich schwarze Heidelbeeren. Die winzigen Früchte waren zuckersüß, das Kind aß die Beeren erst einzeln. Dann die Idee: Es sammelte einen großen Berg kleiner Früchte in seiner Hand, steckte sich alle auf einmal in den Mund. Mit geschlossenen Augen lutschte das Kind den schmelzenden Heidelbeerberg auf seiner Zunge, fühlte den Abendwind auf der sonnengeröteten Haut und wusste in diesem Moment noch nicht, dass es sich an diesen Augenblick immer erinnern werden würde, eine Heidelbeersehnsucht, ein Leben lang. Als es die Augen wieder öffnete, saß der Salamander reglos auf dem Stein zu seinen Füßen. Der Salamander sah aus, als sei er selbst aus Stein, nur seine seltenen, hektischen Bewegungen verrieten ihn, man musste ganz genau hingucken. Weiter oben im Gras saßen die Eltern und lachten und küssten sich. Ohne hinzusehen rief das Kind. Einen Salamander vielleicht?

Hexen tauchen einfach auf, das können die. Das Kind hat sie nicht kommen hören. Die Zwergenhexe schreit gellend auf, die große schlägt wie wild und ganz plötzlich mit einem Strohbesen gegen die Zaunmaschen, abwehrend hebt das Kind seine Hände, erschrickt ein zweites Mal, senkt die Hände sofort wieder, starrt auf die leeren Handflächen, dann in den Hexengarten, Karl ist verschwunden. Bitte, sagt das Kind ganz höflich, mein Salamander ist in Ihrem Garten, bitte, ich muss ihn suchen, Tränen steigen dem Kind in die Augen.

Keine Tiere in unserem Garten, schreit die Knochenhexe, die Bucklige schlägt wie von Sinnen mit dem Besen in die Grasbüschel auf der anderen Seite, gelb-schwarzes Blinken, ein leuchtendes Rot, ein letztes Mal, dann hebt die Bucklige Karl an einem der winzigen Beine hoch und schleudert ihn auf den Komposthaufen unter den Holunderbüschen. Salamander können bis zu 50 Jahre alt werden, hatte der Verkäufer im Zoofachgeschäft gesagt.

Ich geh da jetzt rüber, sagt der Vater und streicht dem Kind durchs Haar, das Gesicht des Kindes ist eingetaucht in Mutters Schürze. Lange kommt der Vater nicht zurück, und das Kind geht zum Fenster, sieht hinüber zu dem großen Haus, das einmal die Farbe von Butterblumen getragen hatte, als das Kind noch nicht geboren war. Es sieht geschlossene Holzläden im Mauergrau, zugezogene Vorhänge, blinde Dunkelheit, der Vater muss im Haus sein, denn auch im Garten ist niemand. Doch. Da. Da öffnet sich die Waschküchentür, die Hexen klettern flink die Kellertreppe empor, in schwarzen Röcken fliegen sie hinaus auf den Rasen, und der Vater läuft hinterher, die Hexen lächeln, sie tun freundlich. Der Vater trägt ein kleines Holzkörbchen in der Hand, er geht mit den Hexen zum Kirschbaum und gemeinsam pflücken sie die Früchte, das Kind sieht sich nach der Mutter um.

Als der Vater doch noch zurückkehrt, nach Hause kommt, guckt er betrübt. Schöne Grüße von Frau Holler und Frau Ahrends, soll ich sagen, sagt der Vater, es tut ihnen sehr leid mit Karl, sagt der Vater, dann lächelt er schon wieder, stellt das Holzkörbchen mit den Kirschen auf den Tisch und sagt: Schmerzensgeld! Er dreht sich zur Mutter: Wusstest du, dass die zwei alten Jungfern früher Krankenschwestern waren? Das Haus gehört der Kirche, die haben da Wohnrecht auf Lebzeit. Der Vater lacht. Krankenschwestern. Hexen lügen oft, denkt das Kind.

Sie fahren das Terrarium gleich zum Mülldepot, die Wärmelampe, den Futternapf, die Wurzel und die Kokosnussschale, die Bodeneinlage aus Stroh und Holzspänen kommt in den Hausmüll, da musst du keinen langen Abschied haben, sagt der Vater. Möchtest du wirklich keinen neuen Salamander, hatte der Vater vorher noch gefragt, und Mutter hatte ihn aufmunternd angelächelt. Wie soll das denn gehen, denkt das Kind, man kann doch nicht einfach einen neuen Salamander kaufen, so als wäre nix gewesen, so als wäre Karl gar nicht gewesen. Wenn ich mal tot bin, sollen die Eltern auch kein neues Kind haben, denkt das Kind. Karls Sachen liegen jetzt auf dem großen Müllberg, die Rahmung und die Scheiben des Terrariums sind zerbrochen, als es der Müllmann mit den riesigen Handschuhhänden da hochgeschleudert hat. Da musst du keinen langen Abschied haben. Der Vater rührt in einem großen Topf und zwinkert ihm zu.

Am Abend gibt es kein Abendbrot, sondern Milchreis, schneeleuchtenden, warmen Milchreis, mitten im Sommer, mit Vanillepunkten drin, der Milchreis ist cremig und zuckersüß, mit extra viel Zucker heute, in der Mitte ein Krater, darin liegen rote Kirschen in einem glänzenden Gelee, die Kirschen sind heiß. Aus frisch gepflückten Früchten, ruft der Vater und stochert aufmunternd mit dem Löffel große Happen aus der Luft. Das Kind betrachtet den Milchreis, sein Lieblingsgericht. Es betrachtet die schillernden Kirschen unter der schimmernden Geleehaut, ganz unten, da wo das Gelee dunkler wird, liegt Karl, ein feuerroter Punkt leuchtet auf dem Kopf seines Salamanders. Vorsichtig isst das Kind den Milchreis rund um den Kirschsee, es tut ihm so leid, dass es nicht gut aufgepasst hat auf Karl, der Milchreis wird unscharf hinter Tränen, das Kind achtet darauf, dass der Löffel den Kirschsee nicht berührt. Und erst als das letzte süße Reiskorn gegessen ist, entfaltet sie sich glücklicherweise doch noch, die tröstliche Wirkung von warmem Milchreis.

MILCHREIS MIT HEIDELBEEREN

ZUTATEN

Für 4–6 Personen

1 Vanillestange
250 g Milchreis
1,2 Liter Vollmilch
Salz
1 unbehandelte Zitrone
100–150 g Zucker
40 g Butter
180 g Heidelbeermarmelade
150 ml Kirschsaft
375 g Heidelbeeren
5 g Speisestärke

ZUBEREITUNG

1.
Vanillestange längs halbieren und mit Milchreis, Milch und einer Prise Salz unter Rühren aufkochen. Zugedeckt bei milder Hitze 25 Minuten leise köcheln lassen, dabei immer wieder rühren.

2.
Von der Zitrone 1 El Zitronenschale fein abreiben und mit Zucker und Butter zum Milchreis geben. Unterrühren und zugedeckt weitere 5 Minuten leise köcheln lassen, dabei einmal rühren. Milchreis vom Herd nehmen und zugedeckt noch 15 Minuten ziehen lassen. Den fertigen Reis nach Geschmack noch mit etwas Zitronensaft leicht säuern.

3.
Marmelade mit 100 ml Kirschsaft in einem Topf aufkochen und 1 Minute offen kochen. Heidelbeeren zugeben und aufkochen. 50 ml Kirschsaft mit Speisestärke verrühren und unter die kochende Beerensauce rühren. Einmal aufkochen. Zum Milchreis servieren.

Tipp
Milchreis und Sauce lassen sich warm und kalt servieren. Insbesondere die Heidelbeersauce lässt sich vorbereiten und schmeckt auch klasse zu Vanilleeis oder Käsekuchen.

Zubereitungszeit
45 Minuten

© Stefan Malzkorn / malzkornfoto.de

STEVAN PAUL

1969 geboren, lebt in Hamburg. Der gelernte Koch schreibt heute als freier Autor kulinarische Texte, Kolumnen und Reisereportagen für Zeitschriften und Magazine, arbeitet als Foodstylist und als kulinarischer Berater für Agenturen und Verlage. Auf *www.nutriculinary.com* betreibt Stevan Paul eines der meistgelesenen Foodblogs im deutschsprachigen Raum.

DANKE FÜR INSPIRATION UND ZEIT

Albert Bouley, Maximilian Buddenbohm, Flo Fodermeyer, Paul Fritze, Daniela Haug und Bernd Müller, klotz+dabeler, Markus Pfeifer, Matthias Politycki